ご縁食堂ごはんのお友
仕事帰りは異世界へ

日向唯稀

SKYHIGH文庫

目次

1 ―― 8
2 ―― 19
3 ―― 45
4 ―― 81
5 ―― 110
6 ―― 145
7 ―― 181
8 ―― 217
9 ―― 257
キャラクターラフ大公開 278

孤《こ》塚《づか》
歌舞伎町のホストで、
実体は狐。
印象はチャラいが
性格は悪くない。
大和《やまと》大地《だいち》
高級マーケット「自然力」の
社員。素朴と生真面目を
絵に描いたような青年。
最近、お疲れ気味。
深《み》森《もり》
大和の同僚。バリバリと
働き、私生活は愛する
推しに捧げている。

ご縁食堂
ごはんのお友
キャラ紹介
イラスト 鈴木次郎
ごうちゃん&えっちゃん
双子の狼ベビー。姉の永(えい)は
勝気で、弟の劫(ごう)は大人しい性格。
未《み》来《ら》
実体はニホンオオカミの子。
でも豆柴にしか見えない。
すっごく元気。
大神《おおがみ》 狼《ろう》
「飯の友」店主。実体は狼。
寡黙だが物事をよく見て
いる。お子様ランチから
繊細な料理まで作れる男。
烏《からす》 丸《ま》
実体は鴉。大神の補佐を
しながら、子供達の
面倒を見ている。

ご縁食堂ごはんのお友

仕事帰りは異世界へ

1

大都会——新宿《しんじゅく》。

梅雨《つゆ》の合間に顔を覗かせた太陽が、燦々《さんさん》と輝く。建ち並ぶビル群を見下ろすように羽ばたく鴉《からす》が、迷うことなく降下しながら通り抜けたのは、新宿御苑《しんじゅくぎょえん》の旧・新宿門衛所《しんじゅくもんえいじょ》の上。

飛び込んだ先の景色は御苑内の森と大差ないが、ここはすでに異世界だ。

「ふぅ」

鴉は森へ降り立つとともに、その姿を見た目二十代半ばの青年へと変化《へんげ》させる。

細身の身体に纏《まと》っているのは、漆黒《しっこく》のスーツにシャツとネクタイ。足下の靴までもが黒で統一されているが、これはもともとの色のためだろう。

鴉の濡れ羽色とは言ったものだが、鋭く冷淡な目を覆うように流れる前髪は、艶々としていて、とても美しい。

一見、無口で気難しそうな風貌ではあるが、身なりが整うと微笑を浮かべる。

とはいえ、もとの口角が下がっているためか、笑顔を作るのには苦労しているようだ。

それでも彼の仕事柄、笑顔は不可欠だ。

精一杯笑ってみるが、それでも見た目は微笑な気がした。

「まだまだ、だな」

両手で頬を上げながら、鴉——人名を「烏丸《からすま》」と名乗る漆黒の男は、目の前に建つ木造の建物へ入っていく。

ガラガラと音を立てて開く引き戸が、日本家屋《にほんかおく》の古さを物語《ものがた》る。

表にかかる暖簾《のれん》には〝飯《めし》の友《とも》〟と書かれており、今は準備中の札が下げられていた。

「店主。ただいま戻りました」

中には一枚板で作られたカウンターテーブルに五席と、四畳ほどの座敷に座卓が一つ置かれていた。二卓置けそうな広さがあるも、奥側の半分にはベビーサークルが固定されている。

烏丸が声をかけると、カウンター内の調理場の奥からは、落ち着きのある声色で「お疲れ」と返ってくる。

「それで、界隈の様子。あと、渋谷《しぶや》の出入り口はどうだった？」

キャベツや人参、大根やジャガイモなどの野菜を乗せた笊《ざる》を手に現れたのは、当店の店主で、人名を「大神狼《おおがみろう》」と名乗る男。

見た目は三十代半ばだが、粋《いき》な藍染《あいぞめ》の着流しに、たすきがけにした袖から伸びた腕はしなやかで丈夫。腰にきつく巻いた前かけ姿も凛々《りり》しい、長身と端整な面立ちの持ち主だ。だが、ざっくりと背にかかる銀色がかった鈍《にび》色の長髪を一つに結んだ彼の頭部からは、獣の耳がピョンと立っている。

全身変化にはエネルギーを使うため、仕込みの時間は尻尾《しっぽ》も出している彼の地の姿は、今では絶滅したとされるニホンオオカミだ。

どうやら烏丸に偵察を頼んだのは、彼だったらしい。

「この界隈は変わりなく。また、渋谷のほうは、出入り口を守ってくれていた老人の他界で閉じる前に、新たな〝鍵〟を持つ人間数名とかかわれたようです。なので、まだしばらくは、人間界と狭間《はざま》世界の出入り口を維持できるのでは――と」

「そうか。なら、よかった」

偵察に行かせた先の報告を聞くと、安堵してみせる。

その間も烏丸は、ソムリエエプロンを腰に巻いて、布巾《ふきん》でテーブルなどを拭いていく。

この店では、カウンター内での調理と作業全般を店主である狼が、それ以外の接客を中心としたカウンター外の仕事を烏丸が担っている。

ここはどちらかと言えば、気取りのない家庭料理を提供する食事処だ。

「年々、減るいっぽうですからね。人間界との出入り口は」

カウンターと座卓を拭き終えた烏丸が、次に取りかかるのは、おしぼりの用意。

真っ白に洗われたハンドタオル二十枚を、水の入った洗面器に浸す。

一つ一つを固く絞り、丁寧にくるくると巻いて、小型のタオルウォーマーへ入れていく。

一応、使い捨てのウェットペーパータオルも置いてはあるが、基本は冬は温かく、夏は冷たいおしぼりだ。

ここは烏丸が拘《こだわ》っている。

「どんなにこちらから出入りをしたいと願っても、人間界に我々と同じ気持ちで願ってくれる者がいなければ、行き来できる扉が成立しないからな」

などと話しながら、狼のほうは大根を手に、桂剥きを始める。

その日のコンディションが包丁捌《さば》きに出るらしい彼の尻尾が、気分よく揺れ始める。

滑り出しがいいようだ。

「むしろ、大概のことなら科学的に裏づけが取れる今の時代に、異世界やあやかしの存在を信じ、認め、また、交流を求めてくれる人間たちがいるだけでも、ありがたいことなのでしょうし」

「――まあ。そんなことを口外すれば、大概は変人扱いされるだろうけどな」

二人は世間話をしつつタオルをくるくる丸め、大根の皮をスイスイと剥いていく。

営業時間を夜の六時半から十時までと定める当店を訪れる客の大半は、人間社会で変化をして暮らす狼《おおかみ》たちのような獣族の常連だ。

だが、中にはこうした彼らの世界や存在を否定することなく受け入れ、心から友情を深め合える〝鍵〟を持つ人間の常連たちもいる。

逆を言えば、そうした人間たちがいなければ、狼たちもこの場での営業が難しくなる。

より多くの獣族が暮らす大都会にある森や林は限られる。人間界と狭間世界を繋ぐ出入り口となる扉を設《もう》けるなら、やはりこうした場所のほうが、人目を避けられて、うやむやにできる。ようは、誤魔化しやすいのだ。

できればこうした立地に、無理なく行き来してくれる人間が常にいてくれることが、狼たちにとっては理想だ。

「それでも夢を見る者はいる。特にこの国には、八百万《やおよろず》の神々への信仰心を持つ者が多く存在する分、他国よりも行き来のできる扉は多い。ありがたいことだ」

「本当に——」

などと話していると、店の奥から「あ！」と声がした。

「からちゃん。お帰り！」

最初に飛び出してきた姿は、まるで柴犬の仔犬のようだった。

しかし、それは金茶に近い毛色を持つニホンオオカミの子——狼の兄にして、一族の王だった者の息子で。見る間に変化していく見た目は、幼稚園児くらいの少年だ。

両の耳をピンと立たせ、尻尾をフリフリ。

とても機嫌がいいのは、一目でわかる。

「ただいま戻りました。未来《みら》さん」

「今日はお外、天気だった？　お日様いっぱいで、夜もまんまるお月様？」

未来は烏丸の側へ寄ると、好奇心に満ちた大きな瞳を輝かせて、外の様子を訊ねる。

「はい。今日のところは大丈夫そうですよ。明日はまた、雨になるようですが」

「大変！　そしたら今日のうちに行かなきゃ！」

両手を耳に持っていき、「えいっ！」と跳《は》ねた髪に変えて、次はお尻だ。

両手でペンと叩いて、尻尾を消す。

見た目だけなら、人間の子供と変わらない。

ただし、まだまだ妖力不足の未来は、人間への変化に太陽や月といった自然界の光エネルギーを借りている。特に人間界での変化には、狭間世界の倍は妖力を必要とするので、梅雨時期はなかなか外出ができない。

それこそただの散歩ならば、柴犬の仔犬に見える姿でも歩き回れる。

だが、下手をすると保護をされかねないので、安全に散歩をするにはペットと一緒でリードをつけた上に、飼い主の同行が必要だ。

しかし、太陽光と月光の届かない人間界では、狼であっても完全変化を保つのは難しい。

烏丸に至っては、人間に変化できるのはこの狭間世界でのみ。人間界では鴉の姿で大きさを変えることしかできないので、仔犬の散歩は無理だ。

それでも太陽光と月光の力を借りれば、大中小と三段変化が可能で、中型なら仔犬姿の未来や成獣姿の狼を、大型なら人間の大人をも乗せて飛べる優れ鴉だ。

ただ、いそいそ準備を始めた未来は、紐つきのがまぐち財布を首からかけて、空のリュックを背負い始める。

見るからに散歩ではない。

狼が大根と包丁をまな板に置く。

「どこへ行く気だ。未来」

「門の前にできた新しいスーパー！　えっちゃんのニャンディと、ごうちゃんと未来のバトルカードクッキーを買いに行くの！　おまけが新しくなったから！」

未来には空が晴れたら買い物へ行く計画があったようだ。

ニャンディは猫の顔を象《かたど》った飴で、バトルカードクッキーは、そのままずばりバトルカード入りのクッキーだ。

どちらも日曜の朝に人間界で放送している子供向けアニメのおまけつきお菓子だ。

未来は特に、カードゲームの発売から始まった〝ドラゴンソード〟が大好きなのだ。

「え？　三つも買うお小遣いはあるんですか？」

未来は双子ベビーである、妹と弟の分まで買おうとしていた。

この手のお菓子の価格相場なら、烏丸も知っているので、心配そうに聞く。

「うん！　お手伝いしてもらったのが貯まってるよ。ほら！」

すると、未来は首からかけたがまぐち財布を開けてみせた。

烏丸が覗くと、十枚近く入った小銭の中に、五百円玉が一枚見えた。

これなら足りる――と、頷いてみせる。

それを見た狼も、そうかそうかと頷き安心している。

「たくさん貯めて、偉いですね」

「だから、からちゃんは、えっちゃんとごうちゃんを見ててね。今、お昼寝してるから」

未来は財布の口を締めると、さっそく店の引き戸に手をかけた。

「いや。私もご一緒しますよ。何かあってからでは遅いですし」

「大丈夫！　からちゃんは、狼ちゃんがご飯の準備ができるように、えっちゃんとごうちゃんを見てて！　いってきまーす」

「未来さん！」

同行しようとした烏丸に子守を頼んで、未来はてってと走っていく。

店から少し森を抜けて、そのまま新宿御苑の旧・新宿門衛所に繋がる門を目指す。この
あたりの地では、この門に合わせて、人間界との出入り口を設定しているからだ。

未来にとっては、すでに数え切れないほど行き来をした馴染《なじ》みのある道であり門だ。

「店主」

「こっそり頼む」

「はい！」

それでも何かあってからでは遅い。

烏丸は店を出たところから走り出し、力いっぱい地面を蹴った。

広げた両手を翼に戻し、あっと言う間に素の鴉の姿となって未来を追う。

門を出たところで、その姿を捉えて、上空から見守り飛んでいく。

狼も店先でその様子を見届けてから、カウンターの中へ戻る。

だが、店の奥からは鳴き声が聞こえた。

「あんあん」

「あんっ！」

どうやら双子が目覚めたようだ。

狼は今一度、カウンターの外へ出る。

「――まあ。そう都合よくは、寝てないよな」

そうして店の奥にある扉の一つから、休憩用の小部屋へ移動した。

そこに置かれたベビーサークル内の布団で寝かされていた双子の狼ベビーを両手に抱えて、店内のサークルへと移し替える。

「あんあん」

「なんだ。お前たちも未来の行き先が気になるのか？」

双子の姉は、未来によく似た金の毛並みに、勝ち気そうな眼差しをしていた。

「きゅおん」

「人間界を見たいのか」

弟は、そこに狼の持つ鈍色が少し混じったような毛並みで、常に姉に押されがちな大人しい性格だ。

ただ、いずれにしても見た目は狸《たぬき》顔の豆柴の子にしか見えず、どちらも健康的な毛艶でコロッとしている。

座敷のサークルに入ると、二匹揃って、短い足でひょこひょこと歩き回り、狼に「自分も行きたい」と猛烈なアピールをし続ける。

「あんあん！」

「きゅおんっ」

「そうか。なら、まずは人間に化ける練習をしないとな」

言われたことを理解し、先に「ばぶっ！」と変化したのは姉の永《えい》。

それを真似《まね》るように、弟の劫《ごう》も「ばぶ〜っ」と変化する。

どちらも立派な人間の赤ん坊だ。今から末恐ろしい妖力を感じさせる。

「あうあう」

「ばぶばぶ」

とはいえ、この二匹。人間に化けると、まだ寝返り程度しか打てない月齢の赤ん坊になってしまう上に、意のままにポンとは戻れない。

狼たちは、自身のエネルギー残量に合わせて自在に変化の度合いを変えられるが、双子にはそれが習得できていないのだ。

そのため、狼の言葉に流されるまま変化はしたが、手足をバタバタさせるも、大した移動もできなければ、当然起きて歩くことさえ叶わない。

ポテポテと走るなど、夢のまた夢だ。

「お。優秀優秀。そしたら、そのまま大人しく寝ておけよ。俺は仕込みがあるからな」

狼はそこを確認してからカウンター内に戻ると、大根の桂剥きを再開した。

鼻歌代わりなのか、時折尻尾が包丁捌きに合わせて揺れる。

「ぶっ！」

「あうあう」

双子は何か、狡《ずる》い大人に調子よく騙された感を覚える。

多少なりとも自由に動けるならば、本来の姿のほうがいい。

今後は変化のタイミングも用心しなければ——と気がつく、永と劫だった。

2

鴉に見守られながら、旧・新宿門衛所の門を潜《くぐ》った未来が向かった先は、この春にオープンしたばかりの有機食品中心の高級スーパーマーケット〝自然力《しぜんりょく》〟新宿御苑前店。

もとは麻布《あざぶ》の高級住宅街から店を構え、ここ数年で店舗数を増やしている、地元マダムや女学生、また歌舞伎町《かぶきちょう》の高級店などにも取引先を持つ人気のおしゃれマーケットだ。

店舗は意図してマンションやビルなどの一階に入っていることが多く、この新宿御苑前店も同様だ。二階から最上階の七階までは賃貸マンションになっており、その一階部分にイートインスペースを設けた〝自然力〟が入っている。

ただし、場所柄や取引先との兼ね合いもあり、この新宿御苑前店に関しては、本店や他店に比べて朝の九時から夜の九時までと営業時間が二時間ほど長い。平日営業がメインの他店と比較すると、土日や祝日の来店者が多いため、当然、勤める者たちは、それに合わせた出勤になる。

そのため、ここでは同じ規模の店舗よりも若干多く社員を配置し、またパートやアルバイトの人員確保にも気を配っていた。

特に社員に関しては、他店で充分な経験を持つ中堅と、また若手であっても研修期間を終了している入社二年目以降の者たちを配置し、本社からは創業者の一人である専務も応援に駆けつけている。

しかし、オープンして三ヶ月目ともなると、良くも悪くも個性が発揮され始めた。うまく手の抜き方を覚えていく者や、シフトを歪《ゆが》める者。また、それらを必然とカバーする者が浮き彫りになってきたのだ。

（頼まれたら嫌と言えない、わけじゃない。ただ、僕には嫌と言って断るほどの用事がないだけで――）

そんなことを思いながら、マンション裏の従業員通用口から出勤したのは、入社二年目の大和大地《やまとだいち》。実家のある北海道《ほっかいどう》の大学を卒業後、就職で東京《とうきょう》住まいを始めた素朴と生真面目を絵に描いたような青年だ。

見た目は細っそりとしており、面差しは優しい。かけた眼鏡が持ち前の穏やかさを際立たせるような雰囲気の持ち主でもある。

また、どんな状況でも、ギスギスした感情を見せたことがないためか、誰からも声をかけられやすく、何かにつけて頼まれやすい。

今日もシフト上では代休なのだが、急な欠員の補充で呼ばれてしまい、午後から出勤だ。

「おはようございます」

「あら、大和《やまと》くん。おはよう。今日は昼からだったのね」

「ええ、まあ。はい」

休憩所を兼用しているロッカールームへ向かう途中で通りすがりの主婦パート・長谷川《はせがわ》に声をかけると、返事をしてくれた。

足早に移動しつつも、一瞬立ち止まって、にっこりと笑ってくれる。

「若いのに本当、偉いわね。うちの息子も、大和くんみたいな働き者に育ってくれるといいんだけど。じゃあね」

「——はい。ありがとうございます」

三十代後半の彼女の息子は、まだ小学生だった。

急な呼び出しをくらい、大急ぎで昼食を摂って駆けつけたが、こうした声をかけてくれる者が大和には多くいる。

(まあ、いいか。出たら出た分、ちゃんと賃金はもらえる。暗黙のサービス残業なんてこともなければ、人間関係がどうとかってこともない。職場としては、かなり恵まれているところだし)

重く感じていた足に力を入れて、ロッカールームへ向かう。

制服に着替えると言っても、スーツの上着を脱いで、代わりに店のロゴが入った明るいグリーンのエプロンをかけるだけだ。

ものの数分で準備は完了。あとは、デスクが四つほど置かれた事務所でタイムカードを押したら、本日も就業開始だ。

しかし、ロッカールームを出たところで、大和は同期入社の女性・深森《みもり》とはち合わせした。

「おはよう」

「おはよう――って、大和。今日って、午後出勤？　休みじゃなかったっけ？　昨日、久しぶりだ～とか言って、シフトの前でニヤニヤしてたよね？」

まっすぐに背まで伸びた黒髪を一つに結ぶ深森は、いつも快活でハキハキとしている女性だ。

また、常に周りを細かく見ており、今もこうして大和を気にかけてくれている。

「あ……。うん」

「あ！　大和。サンキュー、サンキュー。いきなりでごめんな。助かるよ」

――と、そこへ更に声をかけてきたのは、丁度事務所から出てきた海堂《かいどう》。

ついさっき大和に電話をしてきた三十代半ばの男性で、大柄かつ筋肉質なためか、学生のバイトたちからは「ポセイドン」などという愛称で呼ばれていることがある。

趣味で続けているという空手は黒帯で、すっきりとした短髪がよく似合う熱血体育会系だ。が、女性に弱く、お調子者なところがあり、そのツケがこうして大和に回ってくることはしばしばだった。

いずれは店長を任される前提の副店長だけに、気合いが入りまくりで張り切ってはいるが、深森からすれば「だからといって、バイトやパートのご機嫌を取りすぎ！」らしい。

「でもまあ、どうせ家でゴロゴロしてたんだろう。そしたら、稼いだほうがいいもんな！　じゃあ、よろしく」

大和にはいつもこの調子なので、苦笑を浮かべつつも、相槌を打つしかないが――。

しかし、これを聞いた深森は、眉をつり上げた。

「今度は誰？」

「聞いてないけど、バイトさんかな。急用でどうとかって」

「は？　それってまた白鳥《しらとり》って女子大生じゃないの？　そうでなくても海堂さんが甘やかすタイプなのに、本人も可愛いのを自覚してて、やたらと甘えた声で〝え～〟とか言っちゃう、時代を超越したぶりっ子！」

大和自身は、正直白鳥をそこまで気にしたことがなかった。

客観的に見た容姿は確かにアイドル並みに可愛いと思うが、異性としてときめく対象ではなかった上に、一定期間しか勤めることのない学生バイトだ。

しかも、最初の印象が可愛い子だなよりも、シフトのドタキャンは困るな――だった。

こうなると、そこから特別な好印象が芽生えるのは難しい。

悪意が湧かないだけ、白鳥からすれば幸運だ。

だが、深森のような同性からすると、そもそもの態度からして気に障るらしい。

それでも他人の仕事はきちんと見ているし、それに見合った評価もするので、やはり一番の引っかかりは、白鳥のドタキャンの多さだろうが——。

「そこは、決めつけてもね。実際、僕もゴロゴロしてたし」

「いやいや。大和も甘すぎ。休みに休んで何が悪いのよ。ゴロゴロ、上等！　私なんか三日三晩ゴロゴロして、英気を養える自信があるわよ」

しかも、この場を和らげるつもりで大和が発した言葉は、思いがけない反撃となって戻ってきた。

深森からすれば、シフトをドタキャンする白鳥も、それを甘やかしている海堂も、最終的に嫌がりもせずに尻拭いをしている大和も、一括りなのだろう。

ただ、伊達《だて》に同期ではない。彼女の雲行きが怪しくなってきたときの対処方法なら、大和はすでに心得ている。

「それを言うなら、三日三晩のアイドルコンサートでしょう。深森が家でゴロゴロするために休みを使うとか、想像がつかないし」

「まあね〜。そりゃ、三日三晩のドリドリコンサートなんて企画があったら、どれだけいいか！　こう言ったらあれだけど、不眠不休で推《お》しの名前を呼び続けるくらいの根性はあるわよ！」

——そう。彼女が入社直後から口癖のように言ってきた「そのために働いているのよ。当たり前じゃない」というアイドル追っかけの話だ。

大和自身は、たまに見るテレビでも、必ず見かける男の子たちかな——くらいの認識だが、滅多に見ないテレビで記憶に残るのだから、それはそれですごいのだと思う。

ましてや、他人様《ひとさま》が真剣に好きなものごとを否定する概念はまったくないので、大和はこれまでに深森の暴走をよく受け止めていた。

「なんせ、去年も年休をまとめて取った三日間で、ドリーム企画の初代グループから今の推しまで、ＤＶＤを見まくったからね〜。もう、寝る間も惜しんで見たわよ。幸せだったわ〜。それでもやっぱり、当時のＫＩＤＳは突き抜けてたかな？　伊織《いおり》様プロデュースの歴代ドリドリも可愛いけど、春平《しゅんぺい》ちゃんはマジで美声で神だし——」

とはいえ、ここで話し続けるのはまずい。

大和はまだタイムカードを押していないが、深森は仕事中だ。

しかも、大和自身も急かされてここへ来たのだから、すぐに抜けた穴を埋めなければならない。

「とにかくエネルギッシュだよね、深森は！　あ、僕、タイムカードを押して、品出しに行かなきゃ。その話は、また今度聞かせて」

「え？　大和？」

深森には悪いが、ここは笑顔で話を切り上げた。

「――いや、違う。こういうことを言いたいんじゃなかったはずなのにな～っ」

そう言って事務所部屋へ入った大和は、反省するように溜息をついた深森のことは、知るよしもない。

「おはようございます」

「おはよう。あれ？　大和。えっと……。もしかして、また誰かの穴埋め？　今日って確か公休どころか、代休だよね」

そうして事務所の入り口でタイムカードを押していると、今度は一番奥のデスクに着いていた専務兼店長の白兼《しろがね》に声をかけられる。

三十代前半に、年上の仕事仲間であった社長と〝自然力〟を立ち上げた彼は、まだ四十になるかならないかの若さ。しかも、大和からすれば、どうして深森は彼を追いかけないのだろう？　と思うほど、インテリジェントなイケメンだ。

さすがにアイドルといった感じではないが、爽やかな俳優感はある。

また、いずれは海堂にあとを任せて他店に移ってしまうが、大和と深森をこの店のスタッフに選んでくれたのも、この白兼だ。

入社から今まで指導に当たってくれているのも彼だけに、大和はとても信頼をしている。

〝東京にいる親戚だと思ってもらえたら嬉しいかな〟

最初にそう言ってくれたのも、好印象大だ。

「はい。なんか、急用みたいです。でも、僕も家にいましたし、特に用もなかったので」

「――そう。ごめんね。海堂には俺からよく言っておくよ。いくら家が近いからって、大和ばかりに頼りすぎだ。というか、普通に断ってもいいんだからね。そもそもそれをどうにかするのが、俺や彼の役目なんだし」

世間では何かと話題になるブラック企業のあれこれ。

大和がここでそれを実感しないのは、白兼をはじめとする幹部たち全員が脱サラで起業した元勤め人だからに他ならない。

自身が経験してきた「これはまずい」「のちのちいい結果を生まない」を徹底的に排除することで、彼らは会社の理念の一つである「食を通して健康の手助けをするのだから、まずは提供する側が健康であれ」を守っている。

「はい。ありがとうございます。本当に無理なときは断りますので。でも、家が近いのもそうですけど、一番の原因は僕の無趣味かな？　とは思うので――。それに、自分にできることで、誰かが助かるなら、それはそれで嬉しいかなって」

結局大和が今日のような穴埋めを断らないのも、こうした会社が好きだから。

微力ながら、力になれたら嬉しいと感じてしまうからだ。

「そうか――。ありがとう。でも、本当に無理だけはしないでくれよ。次に海堂からヘルプが来たら、ちょっと待ってで、俺に確認していいから」

「はい。わかりました」

白兼との話を終えると、大和は事務所から店内へ移動した。

全店舗共通の色濃い木目の陳列棚と白い壁で統一された店内には、スーパーなどでよく見る派手な特売のビラや価格表の類《たぐ》いは貼っていない。

その日のお買い得品に関しては、それ用の木札が立っているが、札やロゴ自体が小洒落《こじゃれ》たデザインのためか、統一された世界観を損なうこともない。

また、こうした雰囲気の店内も女性人気が高いため、バイトやパートの募集で困ったことはないと聞く。

しかし、逆を言えばそれがファッションでバイトを決めがちな層を集めてしまう原因にもなっていると、大和は以前深森が分析していたのを思い出す。

（えっと……。二時からレジで、それまでが品出しだっけ？）

白鳥がそうだとは思いたくない。

だが、日中のシフトを希望する主婦層を押し退ける形で入れたシフトに、当日のドタキャン、それも月に複数回は困る。

余程の事情でない限り、せめて前日までに報告ができないものかと思うが、それができるならドタキャンとは言わない。

（店長たちも大変だな）

結局、大和も大変なのは自分より彼らで納得することになる。

「あれ～。大和さん。もしかして、またピンチヒッターですか？」

乾物のコーナーまで足を運ぶと、そこで品出しをしていた男性バイト・藤ケ崎《ふじがさき》から声がかかる。大学受験に失敗した彼曰く、「現在は今後の人生を見つめ直している期間」らしいので、二十歳そこそこだ。

面接時に身なりや髪型に関しては確認を取られるので、特別派手な格好で来る者は、バイトであってもここにはいない。

だが、接客でもない日常会話はラフだし気軽だ。特に大和には話しかけやすいらしく、彼も顔を合わせれば声をかけてくる一人だ。

「そう。よろしくね」

「うわ～。めっちゃ働き者っすね。でも、店内のどこで穴が空いても埋められる何でも屋って言ったら、やっぱり大和さんだけですもんね～」

ただ、普段ならなんてことない、聞き流してしまうようなことが、今日は不思議と耳に残った。

（何でも屋？）

実際、鮮魚や精肉といった専門部署以外の社員は、そうでなければならない。

そのために研修もした。なので、これは藤ヶ崎的には褒め言葉として使っているのだろうが、そうとわかっていても、引っかかった。

（なんだろう？　僕、変なものでも食べたかな？）

思わず、体調不良を考えるも、覚えがない。

むしろ、元気な自覚もある。

「あ、俺今から昼休憩なんすけど、ここの補充をお願いしてもいいですか？」

「ん。ああ。いいよ」

「やった！　だから、大和さん好きですよ～」

それでもこうして喜ばれ、笑顔を見せられると、ここでも（まあ、しょうがないか）で流した。

「調子がいいな～。でも時間厳守だからな」

「はーい」

大和は藤ヶ崎を休憩に出すと、先に彼が担当していた乾物棚の補充をしていく。

（あとこれだけなんだから、すませていけばいいのに。どうせ、タイムカードを押すんだし――）

ものの数分で終わってしまったそれに、溜息が漏れる。

空になった空き箱を潰して、これから品出しをする棚の確認をしに移動する。

——と、そのときだった。

「あ！」

「大丈夫、ボク！」

「お金が！　未来のお金っ」

入り口から声がしたかと思うと、男児が躓《つまず》き、小銭をばらまいていた。

颯爽と買い物へやってきた未来だ。

大和も急いで駆けつけ、目についた小銭を拾っていく。

「これで全部かな？　いくら持ってきたのかわかる？」

「うーんとね」

一番近いレジにいた長谷川が、拾った分を未来に渡した。

「はい。これもだよ」

「ありがとう！」

そこへ大和も加わり、しゃがんで目線を合わせてから、小銭を差し出す。

「レジに戻りますので、お願いしますね」

「はい」

大和が来たので、長谷川はレジへ戻った。

未来はといえば、集めた小銭をがまぐちの中へ戻して、ちょっとホッとした様子だ。

大和が足下から見上げていくも、特に怪我もなさそうだ。

本人にも、どこか痛がる素振りはないので、ここで初めて大和もホッとする。

「ボク。お母さんかお父さんはいるの？　それとも一人で来たの？」

駐車スペースはない店なので、今の時点で同伴がいなければ、九割方一人だ。

しかし、「ちょっと先に行ってて」などということがあるので、一応確認をする。

「うん！　未来、お母さんもお父さんもいない。でも、狼ちゃんいるよ。忙しいから、一人で来たの」

「そ、そう」

だが、これは聞き方を間違えた。

大和は内心反省をしつつ、次にかける言葉を探す。

「あのね！　新しく出た、ドラゴンソードのクッキーはどこにあるの？」

すると、未来のほうから買いたい物の場所を聞いてきた。

「ドラゴンソードのクッキー？　それってもしかして、ゲームのカードが入ってるクッキーのことかな？」

「そう！　それ二つ。あと、にゃんにゃんエンジェルズのニャンディもほしいの。可愛いおまけがついてるやつ！」

大和は更に困った。

なぜなら、この店にはその手の菓子がない。

置いているのは、すべて有機素材の品ばかり。それは菓子にも言えることだ。

「――そうか。ごめんね。それは、ここのお店には売ってないんだ」

「え!?　ないの！　テレビでもやってたよ」

しかし、これは未来にとって衝撃だった。

せっかく家の前にお店ができたのに。まさか、テレビで宣伝しているようなお菓子が、置いてないとは考えもつかなかったからだ。

「多分、裏のコンビニエンスストアにならあると思うんだけど」

「裏？」

大和が眉間に皺《しわ》を寄せつつ、首を傾げる。

それを未来も真似する。

「でもな……。裏って言っても、大通りを挟んだ向こうだし。というか、未来くんだっけ。お家はどっちのほうなの？」

「お店の前の公園！」

「そしたら、真逆になっちゃうのか」

元気いっぱいに答えられるも、話は更に困ったほうへしか進まない。

未来自身は本当に目の前という意味で新宿御苑を指したが、普通はそこに自宅があるとは思わない。

仮に、そこにあるとしても、新宿御苑の敷地は広大だ。

手前なのか奥なのかによっては、だいぶ違う。

ただ、それにしたって、せっかくここまで来たのに――と思うと、大和はどうにか未来を手伝えないかと考える。

「ちょっと待ってて。お兄ちゃんが一緒についていってあげるから。一人で行ったら危ないし。今、お店の人に頼んでくるから」

「本当！　お兄ちゃん、ありがとう」

結果としては、このまま未来を裏のコンビニエンスストアまで連れていくことにした。

帰りは少なくともこの店の前まで同行し、その後は、一人で帰しても大丈夫な距離かを確認してから決めようと。

「ごめん、深森。買い物だけさせたら、家へ帰して戻るから」

「了解！」

必要な品だけを買って戻る分には、五分とかからない距離だ。

仮に自宅近くまで送り届けるにしても、未来が何十分もかけてここまで来たようにも見えない。

全部合わせても、二十分もあればどうにかなるだろう。

その分は、夜の休憩で補えばいいし——との想定だ。

「おい。誘拐と間違われないか？」

しかし、大和が断りを入れたところで、海堂が心配を口にした。

未来と似たような年頃の子を持つ親だからだろう。

「そこは、小脇に抱えて走り出しそうな海堂さんじゃないので、大丈夫ですよ～。ってか、大和が間違われるようじゃ世も末でしょう」

「なんだって？」

ただ、ここは深森が笑って引き受け、海堂のほうも対応してくれた。

「さあさあ、仕事しましょう。あ、私は残業はしないんで！　間違っても、やり残さないでくださいね」

「深森！　お前はいつもそうやって……」

大和は頼もしい同期に感謝しつつ、未来の手を引き、コンビニエンスストアへ向かった。

「お待たせ。さ、行こうか」

「うん！」

頭上には、鴉がピタリとついて飛んでいた。

＊＊＊

ちょっと延びたお使いを楽しんでいるのか、未来は大和の手を握ってご機嫌だった。

「お兄ちゃんは、お名前はなんていうの？」

「大地。大和大地だよ」

「そしたら、大《だい》ちゃんだ！」

人見知りも物怖じもしないのはいいが、あまりに人懐っこすぎて、大和は海堂が言わんとしたことが、少しわかる。

これでは誘拐犯にも、スキップしてついていきそうだ。

それでも、屈託のない笑顔にはとても惹かれる。

「大ちゃんか——。久しぶりだな。そう呼ばれるのって」

「大ちゃんは駄目？」

「ううん。いいよ。大ちゃんで。よろしくね」

「よろしく、大ちゃん」

簡単な自己紹介をするうちに、二人は店のあるマンションの裏側にあるコンビニエンスストアへ着いた。

横断歩道はあるものの、道路を渡るという心配さえなければ、目と鼻の先だ。

未来が一人で行って帰るにしても、なんら負担にはならない距離だ。

「――あった！　これだよ。クッキーとニャンディ」

お目当てのお菓子は、店に入ってすぐに見つかった。

人気商品だけに、たくさん置かれている。

それでも中のカードに種類がある。レアカードか否かといった違いがあるためか、未来は少し考えてから手を伸ばした。

（ん？）

結局、未来は陳列を崩さないように気を遣ったのか、並んでいる手前から取っていった。

籠に入れてレジへ並ぶ姿まで含めて、大和はしみじみ（いい子だな――）と思う。

そうして、レジの順番が回ってきた。

「よかったね」

「うん。えっちゃんにはニャンディで、ごうちゃんと未来にはカードクッキー！」

「三百九十六円です」

「はい」

（一つが税込みで百三十二円。おまけがメインなところもあるけど、けっこうするんだな）

大和がそんなことを考えながら見ていると、未来ががまぐちの中の小銭をすべてレジ台へ出した。

「あと五円、お願いします」

「え？　あれ？　ない⁉　大きいコインも持ってきたのに」

見れば三百九十一円しかない。

これには未来も困惑していた。一番大きな硬貨、五百円玉が入っていたのは、烏丸にも確認してもらった。

それがどこかへ消えているのだ。

「あ――。もしかしたら、さっき全部拾えてなかったのかな？」

「未来、なくしたの？」

考えられるとしたら、店の入り口での躓きだ。

大和は自身のポケットを手で探る。

店内に入るときは、基本財布は鍵のついたロッカーへ荷物と一緒に置いていく。

しかし、休憩に入るときのドリンク代として、またロッカーの鍵を入れて持ち歩くために、小銭入れをポケットに入れていたからだ。

「そしたら、これ」

大和は足りない五円を、レジに出した。

「それ、大ちゃんのでしょう」

「お店に戻ったら探すから大丈夫だよ。それに、落としたのは五百円玉ってことでしょう？　そしたら、お兄ちゃんのほうが、お店で見つけて、未来くんに返さないと」

「うん……」

未来は気にしていたが、大和からすれば、すぐにでも店へ戻って探したい気持ちだ。

だが、最優先されるべきは、この買い物だ。

「だから、まずはこれを買おう」

「ありがとう！」

未来も目の前にあるお菓子の誘惑には勝てなかったのか、その場は大和に不足を出してもらった。

そして、お菓子とレシートを入れてもらったレジ袋ごと、大和に頼んで空のリュックに入れてもらう。

増えた重みに、未来の口元がほころぶ。

（そしたら、家まで送り届けて。あとで見つけたお金を届けに来ますって、保護者に言っておかないと――）

その間も大和は、次の行動を考える。

そして、コンビニエンスストアから出ると、

「未来!?」

丁度歩いてきた二十代後半から三十過ぎくらいの青年に声をかけられた。

「あ！　こんちゃん」

「何でお前、こんなところに。そいつ、誰？」

「お買い物来たの！　スーパーの大ちゃんだよ」

だが、未来の顔見知りらしいその男は、白のスーツにラメが輝く黒のシャツ。ワックスで軽く跳ねさせたド金髪に、イヤーカフス、チョーカーと、とにもかくにも派手な男だ。それこそ大和が素で「これが世に言うチャラ男《お》？」と口走りそうになったのを、グッと堪えたほど。

しかし、未来が懐いているのは見てわかるし、実際相手から警戒されているのは自分のほうだ。

これこそ海堂に言われた「誘拐犯に間違われるぞ」な状況だ。

「初めまして。お知り合いですか？　僕は、そこのスーパー〝自然力〟に勤めている大和と言います。未来くん、うちに来てくれたんですけど、欲しいお菓子がなかったもので。それで、コンビニまで一緒に」

大和は、まずは誤解がないように、自己紹介をした。

しっかり勤め先の名前も加えた。

「カードクッキーとニャンディ買ったよ！　でも、未来、五円足りなかったの。大ちゃんが出してくれたんだ」

「――は？　すみません。だったらそれは、俺が」

「え？」

未来が説明をしてくれたのもあり、おかしな疑いはかけられずにすんだ。

それどころか、男はすぐにスーツのポケットからブランドものの財布を出した。

「あ、俺は孤塚《こづか》って言うんだけど。歌舞伎町のホストで、未来の知り合い。というか、保護者の友達《ダチ》だから」

（ホスト！　どうりで派手なわけだ。確かに、よく見たらイケメンだ。派手でチャラい感じはこの上ないけど、綺麗な顔立ちの人だ）

大和が本物のホストを間近で見たのは、これが初めてのことだった。

職場の位置から、いずれは出くわすかもしれない職種のほうだが、彼がその第一号であることには間違いがない。

思わず、失礼を承知で上から下まで見てしまった。

何一つ、地味な自分とは通じるところがない。

しかし、高価そうな長財布からさらっと出された五円玉には、不思議な安心感を覚えた。

ここで札でも出された日には、嫌な気がしたかもしれない。

だが、孤塚が未来の立て替えてもらった金額そのままを出したところに、大和はこれはこれで彼の人柄のようなものを感じたのだ。

「そうなんですか……。あ、でもいいですよ。それは僕の気持ちですし。むしろ、店で落とした五百円玉を見つけて、返さないといけないので」

「ん？　五百円？」

「さっき転んで、ジャッてしちゃったの」

「――は⁉　大丈夫かよ」

未来が落としたお金のことより、まずは怪我がないかを確認したところにも、好感度大だ。

大和は孤塚を見ていて、自然と笑みが浮かんだ。

「うん。ちょんってしただけだから、へーきー！」

「そっか。でも、そしたら見つからねぇかもしれねぇし。やっぱ、俺が」

「本当にいいですよ。五円だけに〝いいご縁がありますように〟ってことで」

普段ならこんなことは言わないと思うが、気がつけば口走っていた。

「あ、オヤジギャグっぽくなっちゃいましたね。すみません」

恥ずかしさから頬が染まるも、孤塚も「ご縁ね……」と納得してくれる。

それどころか、フッと笑ってさえくれて――。

気がつけば、三人揃って歩き出し、店の前まで移動した。

「ところで、孤塚さんはこれからお時間は？」

なので、大和は思い切って聞くことにした。

「え？　何、いきなりナンパ？　まあ、俺様くらい魅力的だと、お兄さんでもコロッと行くときは行くしな～っ」

すると、いきなり孤塚がその目を細めて、腰に手を当てた。

「けど、俺は安くねぇんだよな～。まあ、それでも茶くらいなら付き合うぜ」

大和をやや見下ろしながら、ニヤリと笑う。

おそらくこれが彼の決め顔なのだろう。

しかし、大和はこれに噴き出した。

接客業とはいえ、こんなときにも徹するんだな——と、感心しつつも、楽しくなってきたのだ。

「いえ。それでしたら、未来くんを家まで送っていただけたらと。僕は、店に戻らないといけないので」

だが、これなら未来を預けても安心だ。

「あ——、そう」

「はい。では、お願いします。未来くん。気をつけて帰ってね。お金は絶対に探しておくから」

孤塚は大和の反応が不満そうだったが、未来は大和が発した「またお店に来てね」を嬉しそうに聞いていた。

「はーい！　またね、大ちゃん」

そうして、大和は未来と孤塚を見送り、店の中へ戻る。

（新宿御苑を抜けていくのかな？）

ふと、振り返ると、二人はまっすぐに旧・新宿門衛所を通っていく。

ただ、このとき未来のお尻から機嫌よく揺れる尻尾が見えた気がして、大和は眼鏡を外して、目を擦った。

（ん⁉　尻尾？）

次に眼鏡をかけたときには、二人の姿はもう見えなくなっていた。

3

（結局、見つからなかったな。未来くんの五百円）

そんなことを思いながら着替え終えると、大和はロッカー室をあとにした。

「お疲れ様でした」

「お疲れ〜。今日もありがとうな！　本当に助かった。明日も頼むな」

「はい」

事務所で遅い夕飯を食べていた海堂に声をかけ、タイムカードを押して裏口から店を出る。

ここから大木戸門《おおきどもん》方面に十分も歩けば、大和が借りているマンションだ。

築二十年を超える十階建て鉄筋コンクリートの七階角部屋は、１Ｋのバストイレつき。会社の住宅手当を使えば、五万円程度で借りられるとあり、たまたま空きが出たばかりのところを即決めして押さえた物件だった。

職場までの距離を考えると、多少の古めかしさは気にならなかったし、こんな大都会でもすぐそこには緑豊かな新宿御苑がある。

当然、買い物からレジャーに至るまで、何不自由のない生活圏となれば、避ける理由が見つからない。

しいて言うなら、今日のようにパートやバイトにドタキャンがあると、真っ先に呼び出されるというのが最大にして唯一の難点だ。

しかし、それでも普段の通勤を思えば天国だろう。

徒歩なら十分、自転車を使えば五分の距離だ。

ただし、今以上に呼び出されそうで、自転車の購入には未だに躊躇《ため》いがある大和だったが——。

(最後までお願い——こそされなかったけど。代わりに夕飯抜きで八時半か。海堂さん。さも当然のように、長谷川さんの早退から店長の早上がりシフト分まで、僕一人で埋めたよな。さすがに今日の今日で連絡をしたら、店長がすっ飛んで戻ってきそうだからしないけど——。でも、この分じゃ海堂さんが店長になったときが思いやられそう)

裏から表へ回ると、大和はまだ営業中の店に軽く会釈《えしゃく》をしてから、大木戸門方面へと歩き始めた。

(いや、違う。さすがにそれまでには、僕自身がどうにかしないと。断らないと。それにしても、お腹が減った。あ、夜空に神々しい肉まんが……)

頭上で輝く満月に空腹を煽られる。

と、そんなときだった。

「大ちゃん、みっけ！」

「――!?」

背後から声をかけられ、立ち止まると同時に振り向いた。

するとそこには、未来と三十代に見える男が立っていた。

彼の着流し姿が様になりすぎていて、一瞬大和は目を見開く。

(誰、この人!?)

「こんばんは。先ほど未来が世話になったそうで」

「大ちゃん。狼ちゃんだよ！　さっきは、ありがとうってしにきたの！」

心からの笑顔で再会を喜ぶ未来の姿に、大和は安心だけではなく、不思議な高揚を覚える。

また、最初に説明されていたこともあり、同伴している彼が、おそらく両親代わりの保護者だろうことも察しがついた。

しかも、彼は着流し姿を差し引いても、一度見れば記憶に残る容姿の男性だ。

大和は確実に初対面だと理解し、深々と頭を下げる。

「こんばんは。初めまして。わざわざ、ありがとうございます。というか、すみません。

実は、あれからお店の中を探したんですが、どうしても未来くんが落とした五百円玉が見つけられなくて。なので、今その分を——」

挨拶もそこそこに、お詫びをした。

その上で、上着のポケットから二つ折りの財布を取り出す。

しかし、それは「待って」と狼のほうから制された。

「実は……未来」

「見て、大ちゃん。これ！　からちゃんが拾ってくれてたの！」

狼に言われるまま、未来が首にかけていたがまぐちから五百円硬貨を取り出してみせる。

どうやら、空から様子を窺っていた烏丸が、見つけていたようだ。

「え？　拾ってくれてた？」

だが、大和は未来の言い回しに、何か引っかかった。

反射的なものだが、首を傾げる。

「いや——。未来が転んで、お金をばらまいたと聞いたうちの店の者が、すぐに見に行ってくれて。そしたら、これが店の前に落ちていたって」

「え？　からちゃんはすぐに気づいて拾ってくれ……、んぐっ⁉」

大和の敏感さに気づいた狼が説明するも、未来は未来でそれが腑に落ちないのか、更に訂正しようとする。

ようは、鴉姿で見守っていた烏丸が、未来が転んだところを店の外から見ていたので、転がり出てきた硬貨をすぐに拾ってくれていた。

しかし、すぐに大和と連れだって出てきたので、鴉姿では声をかけられなかった――というオチだが、それをここで説明するわけにもいかない。

未来は狼に抱え込まれるようにして、口を塞がれた。

しかもその掌からは、「ここは黙っとけ」という圧が未来にかかる。

「とにかく、落とした金はあったんで。未来の借りた金を……」

「いいえ。それは孤塚さんにも言いましたが、ご縁がありますようにってことで」

「それも聞いた上でだ。ほら、未来」

それでも狼は、すぐに未来の口から手を解いた。

未来は大きく頷きながら、がまぐちの中に五百円硬貨を戻す。

そして、代わりに取り出した硬貨を大和へ差し出して、

「うん！　だから、これっ！」

「これ……」

月明かりの中、大和が小さな掌の上に見たものは、五円硬貨だった。

しかも、穴には赤いリボンが通されて、固く結ばれている。

「その、縁が深まるようにって」

「未来がきゅってしたの！　だから大ちゃんに、はいっ！」

どうやら〝赤い糸で結ばれている〟伝説にあやかったのだろう。

大和は、あの場の勢いだけで発した言葉に、まさかこんな形で返事が来るとは思わず、驚くと同時に胸が温かくなるような感動を覚えた。

特に、未来の言う「きゅってしたの！」姿を想像すると口元がほころび、自然と笑顔になる。

「それでしたら、ありがたく。そう。この赤いリボン、未来くんが結んでくれたんだ」

大和は硬貨という形をした未来の思いを受け取った。

未来の前で一度、ギュッと手の中に握りしめてから、財布へしまい込む。

「そう！　えっちゃんのリボン、もらっちゃった。でも、えっちゃんも〝いいよ〟って言ったから」

大和に喜んで受け取ってもらった未来は、いっそうご機嫌だ。

踵《かかと》を上げたり下げたりしながら、身体を上下に揺らして、全身で喜びを表している。

今にも飛び跳ねそうだ。

「そうなんだ。妹さんも優しいね」

「ごうちゃんもいい子だよ」

「弟さんも優しいいんだね。そしたらそれは、お兄ちゃんの未来くんが優しいからだね」

未来は全員〝ちゃん〟づけで呼ぶので、大和にえっちゃんとごうちゃんの性別や年齢はわからない。

だが、買っていたお菓子や話の内容から、妹と弟だろうと判断して応えた。

「えへへっ」

否定がない上に、褒められて嬉しそうだった。

やはり妹に弟だと確信する。

（一つか、二つ下なのかな？）

大和はあれこれ考えつつも、胸を撫で下ろした。

「でも、よかった。店の外まで転がってたんだ。どうりで見つからなかったは——！」

すると、気になっていた五百円硬貨が見つかった安心からか、それともこればかりは別物なのか、急にお腹が鳴った。

それもけっこうな音量で響く。

「大変！　大ちゃん、お腹がぐ〜って鳴った。早く、ご飯食べないと！」

「あ……。そうだね。今、お仕事が終わったところだから」

未来はともかく、側には一瞬両目を見開いた狼がいる。

しっかり音を聞かれてしまい、大和は込み上げてきた恥ずかしさから、どうでもいいような言い訳をしてしまう。

「狼ちゃん。大ちゃんにご飯！」

「大丈夫だよ。家に帰れば作れるから」

それこそ、これ以上おかしなことにならないよう、にっこり笑って「じゃあ、今夜はこれで」という締めの言葉まで胸中で準備した。

しかし、ここで狼が聞いてくる。

「家族が用意をしてないのか？」

「一人暮らしなので」

「……そうか」

大和は聞かれるまま答えたが、狼は何か考えている。

「ね！　大ちゃん。だから、未来のところへおいでよ！　狼ちゃんのご飯はおいしいよ。狼ちゃんのご飯でお友達」

そうこうするうちに、未来が大和の手を握ってきた。

「ご飯でお友達？」

「小さな飯屋をやってるんだ。家で食べるものと大差はないと思うが、未来もこう言ってるし、よかったら」

——ああ、そういうことか。

大和が納得している間も、未来は「行こう行こう行こう」と繋いだ手を揺すってくる。

「まかないでよければ、すぐ出せる。未来が世話になった礼もしたいから」

「――それはもう充分すぎるほど、いただきました。でも、食事はしたいので、このままお店に行かせていただいてもいいですか？　もちろん、お客さんとして」

「ああ」

一瞬、どうしようかと迷うも、狼にまで誘われたら、嫌とは言えない。

というよりは、ここで断る理由が大和にはない。

しかも、普段ならそれだけで「じゃあ」と相手に合わせてしまうところだが、今夜の大和は少し違った。未来の熱心で可愛い誘いは断りたくなかったし、狼の営む店や食事にも興味が湧き起こったからだ。

「わーい！　行こう行こう。今日はハンバーグだよ。狼ちゃんのハンバーグは、ふわふわでジュージューなんだよ！」

「それは楽しみだね。僕もハンバーグは大好きだから」

「やったね！　未来といっしょ～っ」

どんなメニューがある店なのかはさておき、今夜のまかない食はハンバーグらしい。

大和は狼から「じゃあ。こっちへ」と誘導されるまま、店へ向かって歩き出す。

（小さな飯屋ってことは、地元密着の定食屋さんみたいな感じかな？　でも、狼さんを見ていると、実は気合いの入った小料理屋さん？　さすがに初見さんお断りみたいな高級店

――ではない気がするけど……。というか、ないと信じたいけど……。まかないがハンバーグってことは、本体がグラム何千円のお肉って可能性もゼロじゃないしな）

行くと決めてから、価格を気にかけても仕方がない。

だが、冷静になって一歩前を歩く狼の後ろ姿を見ていたら、大和は何か特別な雰囲気を感じた。

着流し姿に長髪の一つ結びという出で立ちは、確かに近年では稀で特別だ。

そもそも和装の板長がいるような店には行ったことがないので、大和はテレビでしか見た記憶がない。

しかし印象だけで言うなら、彼が持つ秀でた容姿や硬質感、何より落ち着いた雰囲気は、高額な店を連想させた。

大和が行くような大衆的価格の店は、想像ができなかったのだ。

（まあ。仮にそうだとしても、たまにする贅沢と思えばいいか。代休出勤で頑張ったことだし。究極、日当ぐらいの夕飯を食べたとしても――）

大和は思わず空いた手を上着のポケットに入れて、中の財布を握りしめた。

先ほど開いたときに、クレジットカードが入っていることは確認ずみだ。

一応、一万円札もあるが、このドキドキした感じを落ち着かせてくれるのは、やはりクレジットカードのほうだ。

「こっちだよ～」

ただ、徐々に緊張が高まってきたときだった。

これまで握りしめていた手を離したかと思うと、未来が勢いよく旧・新宿門衛所へ向かって走った。

「え⁉　新宿御苑の中なの？」

そこは職場の目の前にある施設、外観だけなら毎日見ている場所だ。

しかし、実際のところ大和は、中へ入ったことが一度もなかった。

そのうちゆっくり回ってみたいな——とは思っても。ここの開園は朝の九時からで、閉
園は季節によって四時から六時半とかなり早い。

シフトとも丸被りの日が多く、行く機会に恵まれなかったのもある。

そうでなくても、今日のように休みが潰れることも頻繁なので余計だ。

「へ……。こんな時間でも入れるんだ。てっきり夕方までなんだと思ってた」

大和は今が閉園時間であることは理解していた。

ただ、園内に茶屋やレストランがあることも知っていたので、

(関係者だと、時間外でも行き来ができるのかな？)

——くらいの気持ちで、狼や未来のあとをついていく。

園内にある店ならば、どんなに高くても懐石料理店ではないだろう。

仮に飲み食いしすぎても、手持ちの現金で払える範囲だろうと予測できる安堵は、大和の足取りを軽くした。

「狼ちゃん。未来、ちゃんと大ちゃんとお友達になれるかな？」

「どうだろうな」

とはいえ、狼や未来が大和を案内したのは、狭間世界。

満月の下、旧・新宿門衛所を潜った森の中にある食事処〝飯の友〟だったが――。

＊＊＊

空腹を知られた流れから大和が誘われた食事処〝飯の友〟は、幾分森の中を進んだ場所にひっそりと建っていた。

（え？　御苑のお客さん向けにしては、随分こぢんまりとしてるお店だけど……。あ、店内で食べるより、お弁当を売ったりとかがメインなのかな？）

当然と言えば当然の第一印象だったが、それでも案内されるまま中へ入る。

すると、見たままこぢんまりとした店内には、「お帰りなさい」から慌てて「いらっしゃいませ」とつけ加えた黒尽くめの男が一人。

座卓に向かい合って座る、スーツ姿の男性客が二人。

そしてなぜか座敷奥のベビーサークル内に、寝返りを打てるようになったくらいの双子の赤ちゃんがいた。

これまでに聞いた話からするなら、この子たちが未来の言う「えっちゃん」に「ごうちゃん」と思われるが、クッキーや飴を食べられるような年齢には見えない。

まあ、あれに関しては、オマケで喜ばせて、お菓子そのものは未来のおやつなのかもしれないが――。

（え？　お店に赤ちゃん？　こういうルール？　あ、そうか。未来くんたちにご両親がいないってことは、仮に狼さんが一人で見るってなったら、こういう状況で頑張るしかないのか。僕には、この手の補助とか制度とかよくわからないけど……。待機児童がどうこうとは聞くしな）

見るものすべてが想定外すぎて、大和はかつてないほどの詮索と想像を胸中で繰り広げていた。

狼からしても、いちいち聞かれたくないだろうと思うと同時に、どう聞いていいのか迷うことばかりだったのもある。

（それにしても――。この座席数だけで、開園中はどうしてるんだろう？）

ただ、大和は新宿御苑前のスーパーに勤める店員だ。

オープンして三ヶ月とはいえ、周辺地域に住む客とは別に、その日限りの観光客にもイートインスペースでの売り上げや、お弁当などの売り上げが左右されることは、すでに経験ずみだった。

特に来園者数が少なそうな日でも、休園日に比べれば、影響があることははっきりとわかっている。

当然、来園者数が多ければ、尚のこと――だ。

だが、そう考えると、園内にあるこの店の座席数には疑問が生じた。

どう見ても規模が合っていないからだ。

（やっぱり、お弁当屋さんかな。一応、カウンターやお座敷はあるけど、これじゃあすぐに満席だろうし。それなら、開園中はお弁当売りをメインにして、中へ通す営業は閉園後。もしかしたら、それだって園内の従業員さん専用で開けているのかもしれないし）

それでも、これはこれで納得のいく営業展開が想定できた。

合っているか否かはわからないが、ここは大和が腑に落ちればいいだけだ。

そう気を取り直す。

「ただいま、からちゃん。大ちゃんだよ！　お腹がぐ～ってしたから、未来と一緒にハンバーグ食べるの！　ね、大ちゃん」

「う、うん」

未来のハキハキとした経過報告に、座卓の客たちの肩が震えていた。

大和と目が合うと軽く会釈をしてくれる。

常連客なのだろうが、彼らもまた人のよさそうな男たちだ。脱いだスーツの上着が、自身の横へ置いてあるところを見ると、彼らもまた仕事終わりなのだろう。

そうこうしている間に、狼はカウンターの中へ入り、前かけを締めて、たすきがけをした。

（――わ。さっそく仕事モードだ）

手を洗い、調理を開始するまでの動作がまた自然で、大和は漏れそうになった溜息をグッと飲み込む。

場所柄から、高額店ではないだろうという予想はできた。

だが、だとして彼は、これからどんな料理を出してくるのだろう？

ハンバーグとは聞いているが、それはどんな味なんだろう？

（和風ハンバーグかな？　鉄板はおろしポン酢？）

不思議なくらい、大和の中で期待が膨らんだ。

「どうぞ、こちらへ」

すると黒尽くめの男が、入り口に立つ大和をカウンター席へ案内し、冷えたおしぼりを差し出してきた。

未来はすでに席へよじ登り、少し高めのカウンターチェアーにちょこんと正座をしている。いつの間に脱いだのか、足下には靴も揃えられている。

「すみません。ありがとうございます。からちゃん……さん？」

「あ。烏丸です」

「失礼しました、烏丸さん。僕は大和大地です。未来くんの五百円玉を、見つけてくださってありがとうございました」

「いいえ。こちらこそ、未来さんがお世話になって」

自然に自己紹介の運びとなり、顔を見合わせて微笑んだ。

見た目は無愛想というかミステリアスな雰囲気さえあるが、烏丸の微笑には落ち着きや品を感じた。

このあたりは狼にも同じだ。

少なくとも大和にはそう思えた。

「あ、俺は大神だ。向こうの双子は女児が永で、男児が劫だ」

烏丸とのやりとりを聞いていたのか、思い出したように狼も自己紹介をする。

「はい。よろしくお願いします」

(大神狼さんにえいちゃんとごうちゃんか——。もしかして、未来永劫《みらいえいごう》？　今度漢字を聞いてみようかな)

これで、この店の者たちの名前は把握した。

「ちゃ〜」

「うま〜っ」

背後からは、座敷の客に懐いているのか、永と劫がしきりに何かを訴えている。

また、寝返りは打てるようで、「あうあう」言いつつも、活発にゴロゴロもしていた。

それだけで癒やされるのか、客たちもニコニコしながら二人を眺めている。

まさに隠れ家的な食事処であり、絵に描いたようなアットホームだ。

大和が店内を見ているだけで、楽しい時間が流れていく。

「狼ちゃん、狼ちゃん。未来、ふわふわハンバーグには、ケチャップご飯がぴったりだと思う！　ね、大ちゃん」

——と、ちょっと目をそらしている隙に、未来が言い出した。

少し腰を浮かせた姿勢で調理場を覗き込みながら、大和に同意を求めてくる。

「ん？」

いきなりのことに困惑していると、

「ハンバーグにチキンライスか？」

狼が応える。

「そう！　それ。あとね。目玉焼きがポンってあると、もっと嬉しい！　黄身がトロッとするのだよ、トロッと。ね、大ちゃんも好きでしょう」

「え？」

「きらい？」

「ううん。僕も大好きだよ」

「ほらね！」

よくわからないうちに、どうもまかない食が未来の好みで変えられていく。

しかも、こうなると未来の欲望は止まらない。

「あ、でも。大ちゃんは大きいから、それだけじゃ足りないかも！　タコさんウインナーとエビフライもあったら、きっとお腹いっぱいになるね！」

思いつくまま要求を増やしていくものだから、烏丸や座敷の客たちが噴き出している。

だが、大和としては、未来が自分にかこつけてハンバーグ定食の予定をお子様ランチに変更させたことがわかるので、一緒になって笑っていいものかどうかと迷った。

品数が増えたら増えただけ、狼の手間が増えるだろうからだ。

「あ！　あと、ケチャップご飯に旗をちょんってするのも、忘れないでね！　大ちゃん、絶対に喜ぶからね！　ね！」

「わかったから、もういいだろう。ほら、これで！」

しかし、次々とメニューを増やされた狼が、開き直ったようにお子様ランチをドンと出すと、さすがに「ぷっ」と小さく噴き出した。

やけくそで作ったのかと思うくらい、大きめの皿に言われたすべての品が載っていたからだ。

もちろん、旗も刺さっている。

なんだか大和には懐かしい一品だ。

「やった〜っ！」

「いや、これは大和さんの分だ。お前のはこっち」

ただ、大はしゃぎする未来をよそに、狼はその大皿のお子様ならぬ大人ランチを大和のほうへ出すと、未来にはケーキ皿に盛りつけたミニミニランチを差し出した。

「え⁉　小さいよ？　ハンバーグもケチャップご飯も目玉焼きも——。全部が小さい。どうして？」

「さっき夕飯食っただろ。作ってやっただけでも、ありがたく思え」

「え〜っ」

理由は狼の言うとおりだ。

時間を考えれば、確かにそうだ。

未来の年頃なら、普通は夕飯はすませているだろうし、場合によっては寝かしつけられている時間だ。

おそらく、それを承知で狼が何も言わずにいたのは、大和に気を遣ったからだろう。

少なくとも大和にはそう思えた。

（うわ……。ウズラの卵の目玉焼きに、むきエビのフライ。ハンバーグは五百円サイズで、チキンライスはおちょこで型どったのかな？　しかも、タコさんのウインナーも極小で、お星様の形をした飾りの人参も小さい。さすがに旗は通常サイズだけど、それ以外は全部が小さくて、これはこれですごく可愛いや）

それにしても、見事なミニミニランチだった。

もともとの仕込みもあるのだろうか、大和が店内や未来に気を取られている間に、すべてが作り終えられていたのにも感動だ。

（狼さんって、洒落《しゃれ》が利いている上に、器用なんだな。それも、あの勢いでねだられてけっこう急き立てられた中で、この完成度だなんて）

未来も最初は不満そうだったが、それでも〝今夜のこれは特別だ〟とわかるのだろう。

「もう。いただきまーす！　大ちゃんも食べよう！」

「――うん。ありがとう」

大和に声をかけると、未来は一緒に出されたティースプーンを手に取った。

フォークもケーキ用を出されており、ここまでくると狼の拘りっぷりが笑いを誘う。

「気にしないで、どうぞ」

すっかりミニミニランチに見とれてしまった大和に、狼がカップ入りのスープを出しつつ、声をかけてくる。

いつの間にか、手元には烏丸によって、フォークとスプーンに加えて箸まで置かれていた。

「はい。それでは、いただきます」

想像していた和風ハンバーグ定食とはだいぶ違うが、大和にとってはいい裏切りだ。

まさかこの年になって、本格的なお子様ランチの大人版が食べられるとは思っていなかった。ああいうのもいいな、——と横目で見ながら、頼むことができないレディースランチとは違う。

なんせ、チキンライスに旗が立っているのだから。

(わ……。本当にお子様ランチだよ。狼さんの手間を増やしてしまったけど、未来くんに感謝だな)

大和は、何から食べようか、それによってスプーンを取るかフォークを取るか、箸まで出してくれたものだから余計に迷った。

(はしたないかな？　でも、何度も持ち替えるよりはいいよな)

ここはフォークを手に取った。

これならワンプレートに載ったメニューをすべて制覇できるからだ。

(どれからいこう。やっぱりここは、最初からまかないって言っていたハンバーグかな)

そうして最初に、艶々としたソースのかかったハンバーグに手を伸ばした。

色味や香りからするとデミグラスソースの類いではなく、ソースに少しケチャップを混ぜたような感じがした。

（――ん！）

口に含むと、未来が言っていたように、ふわふわでジューシューならぬジューシーな旨味が口いっぱいに広がる。

「おいしい？」

それを見ていた未来に可愛く聞かれて、大和はうんうんと首を縦に振る。

はしたないが、飲み込む前に全身で「美味しい」「嬉しい」を伝えたかった。

未来にも、そしてこれらの食事を作ってくれた狼に対してもだ。

「わーい！　よかった。狼ちゃんのご飯は、う〜んとおいしいでしょう！　未来もだーい好きなんだ」

「うん。本当に美味しいね」

「もっと食べて食べて〜っ」

「ありがとう」

大和はお言葉に甘えて、更にハンバーグを口へ運んだ。

「――美味しい。なんとなく懐かしいというか、ほんのり甘くて優しい味がする。ケチャップが甘めなのかな？　最近、こういうのは食べていなかったから、本当に美味しい」

意識しているわけではないが、自然と感想が口を衝く。

「甘みはメープルシロップです。今夜のまかない食として、未来さんに合わせて作られていたので」

すると、その様子を見ていた烏丸が説明をしてくれた。

作った狼本人は、カウンター内の隅に設置している囲炉裏《いろり》に置かれた土鍋を見ている。

まだ何か作っていたようだ。

なので大和は、烏丸と話をする。

「あ――。言われてみると確かに。ホットケーキのシロップの甘さだ。え？　でも、そうしたらこれって、いつも食べられるわけじゃないんですか？　その、普通に来たら」

「いいえ。意外と好《この》まれる方が多いので、ハンバーグ定食の選べるソースの中にあります。皆さん、大和さんと同じことを言われて――。二回に一回は選ばれますね」

「そうなんですね。よかった！」

今夜以外でも食べられると知り、大和は嬉しくなって、そのまま食べ続けた。

すでに再来店する気満々だ。

その後も黙々と食べ続ける。

（チキンライスも美味しい。オムライスじゃないところが、逆に懐かしいというか。何年も食べてなかったな――って気がする。しかも、半熟の目玉焼きにウインナー、エビフライとか。家じゃ絶対に一緒には作らないし、外でも食べないから、贅沢なワンプレートだよな）

そうして、まずはチキンライスから食べ終えた。

「お代わり用に白飯も炊いたから」

狙い澄ましたように、囲炉裏のほうから声がする。

（え？　炊いた）

「あの腹の鳴りようだったし」

この分だとカウンターに入って、最初に準備したのだろう。

大和が顔を上げると、目の前に二合炊きくらいの土鍋を持って移動してきた狼が、蓋を開けて中を見せてきた。

炊きたてのお米の香りを含んだ湯気がふわっと上がって、鼻孔をくすぐる。

未来もそれが好きなのか、小さな鼻をヒクヒクさせている。

「ありがとうございます。そうしたら、お言葉に甘えていいですか？」

ここで迷う、遠慮が先立つということは、まったくなかった。

大和にしては珍しいことだ。たとえ結果が同じでも、一度は考え、多少は悩むのが、ある種彼の癖みたいなものだったからだ。

「――ああ」

しかし、これは迷うことなく即答で正解だ。

手作り感のある、少しいびつな茶碗に盛られた白米を受け取ると、いっそう大和の目が輝いた。

放っておいても口角が勝手に上がり、まずはフォークを箸に持ち替えて、そのまま一口食べる。

（わあ、炊きたての白米。それも土鍋炊きなんて、何年も食べてない。これって、こんな美味しかったっけ？　チキンライスもすごく懐かしくて美味しかったけど、やっぱり白米最高。しかも、半熟の目玉焼きがあるし）

米の旨味を噛みしめながら、大和はそのまま白飯の真ん中を箸で分けた。

まるで生卵を割り入れるようだが、作った窪みへ目玉焼きを乗せる。

（これも絶対に美味しい）

そして、半熟の黄身を崩したところへ、テーブル上に置かれていた醤油差しから一滴二滴。あとは、一緒に食べるだけだ。

大和は半熟の黄身が絡んだ白米をニコニコしながら口へ運ぶ。

隣で見ていた未来が、一緒になって口を開けているが、それさえ今は見えていないようだ。

大和は淡々と半熟の目玉焼き丼を食べている。

（やっぱり最高！　自分では面倒くさくて、卵かけご飯ばっかりだし。それはそれでいいけど、やっぱり半熟卵はまた格別！　しかも、ここにタコさんウインナーとかエビフライがまだあるなんて、幸せすぎてどうかしそう）

声には出さないが、大和の覚えた幸福感は誰の目にも明らかだった。

これには未来だけでなく、狼も一緒になって見入ってしまう。

「大ちゃん、嬉しそう。よかったね、狼ちゃん」

「——ああ」

しかも、大和は黄身を崩して、ご飯と一緒に食べていた。

それにもかかわらず、茶碗の内側には黄身の色もついていなければ、米粒一つも残していない。その状況にも惹かれるものがあったのか、狼はじっと大和の手元や茶碗の中を見ていた。

そして、それは大和の斜め後ろに立っていた烏丸にも言えるようで——。

「お茶もお持ちしましょうか」

「ありがとうございます」

大和はサービス満点な烏丸から淹れ立てのお茶をもらうと、さっそく両手で湯飲みを持って、しずしずと飲み始めた。

（このお茶も甘みがあって、すごく美味しい。淹れ方がいいのかな？　しかも、あれって南部鉄器《なんぶてっき》の茶瓶だ。囲炉裏で沸かしているなんて、見ているだけでホッとする。まるで、実家にいるみたいだ）

一見すると年配者のような仕草だが、姿勢のよさは躾《しつけ》のよさを物語っていた。

もともとの性格もあるのだろうが、大和は豪快にガツガツと胃袋へ落とすのではなく、じっくりしっかりと味わって食べるタイプのようだ。

（は～。幸せ。炊きたてのご飯なんて。それも誰かが僕のために炊いてくれたご飯なんて、何年ぶり……）

ただ、全身全霊で至福を感じていたときだった。

急に大和の目頭が熱くなった。

（あ……）

そうかと思えば、スッと一筋の涙が頬を伝う――前に、かけた眼鏡のフレームで止まった。

込み上げてきた感情が形になるのが早すぎて、体が追いつかない。

大和は湯飲みを置く間もなければ、俯く間さえなかったのだ。

「頑張りすぎか？」

するとと、狼がカウンターの中から、ティッシュペーパーを箱ごと差し向けてきた。

「え……？」

「人間は、頑張ったつもりで我慢をしすぎるのか、いきなり泣き出す奴が多い」

「⁉」

促されるままティッシュペーパーを引き抜き、会釈とともに目元を拭う。

（頑張りすぎ……）

急に込み上げてきたのは、そういう感情ではなかったはずなのに、と大和は思う。

狼が気遣ってくれた。わざわざ自分のために、余分にご飯を炊いてくれたことが嬉しかった。

ただ、本当ならば、それだけだったのだが――。

〝若いのに本当、偉いわね。うちの息子も、大和くんみたいな働き者に育ってくれるといいんだけど〟

大和は、思いがけない狼の言葉から、急に店でのことを思い起こした。

〝あ、ごめんなさい！　家から連絡が来て、急用なので早退します〟

うちの息子も――などと言いながら。三時には同じ笑顔で、いきなり帰ってしまった長谷川。

〝お疲れ様でした～。さあ、これから夜行バスよ！　明後日には戻りまーす〟

それでもシフトどおり、定時にはキッチリ上がる、素晴らしくも容赦のない深森。

〝あーあー。ってことで、大和。よろしく！〟

また、ここでも当然のように「大和がいて助かったよ」を連呼し、豪快に笑う海堂。

だが、これらはまだ仕方ない。

特に用事もないし――と、休みを潰して出てきたのは、大和自身の判断だ。

そこはわかっている。

いつだって納得をしてきた。

それは新店舗へ来てからずっとだ。

しかし、

〝うわ～。めっちゃ働き者っすね。でも、店内のどこで穴が空いても埋められる何でも屋って言ったら、やっぱり大和さんだけですもんね～〟

これまでになく引っかかった言葉に対して、大和は（それは違うだろう）と、確かに思っていたことを、改めて考えた。

あの場は〝何でも対応する社員〟への褒め言葉として受け流しはしたが、何でも屋は何でも屋だ。どんなに発した藤ヶ崎に悪気がなくても、その言葉や口調から敬意の類いは感じられない。

むしろ、便利に使える存在として認識、軽視されているふうにしか受け取れなかった。

そう考えると、長谷川や海堂も藤ヶ崎と同じに見える。

大和自身が、そうは思いたくないので、いい解釈をしたにすぎない。

結局は、自分自身が嫌な思いをしないため——自分自身を守るためだ。

(我慢をしすぎ……か)

断る理由がないと断れないのは、自分が悪いと思ってきた。

見た目からも頼みやすいのだろうし、そこへこの「まあいいか」な性格だ。

だが、だからといって本当に自分だけが悪いのか？　とは、最近感じ始めていた。

なんだかみんな、いざ無理となっても、大和が代わりにやってくれるから大丈夫——が、前提になっていないか？

それでシフトを入れて、組んで、ドタキャンになっていないか？　と。

(いや、でも。そもそも深森は日頃から、休みを取るのに理由なんかいらない。休みは権利だって言っていた。店長だって、それは同じだ。調整は自分たちの仕事だから——とまで、言ってくれたし。でも、だから頑張りたいと思った自分もいて……。やっぱりこれって、自業自得だよな⁉)

ただ、こうなると一周回って、更に落ち込みが来た。

かえって涙が止まらない。

鼻までむずむずしてきて、未来が「もっとあるよ」とテッシュペーパーを取って渡してくれたくらい、見事なまでの悪循環だ。

（——いや、待て。だからって、今は落ち着け。ここは止めなきゃ。笑わなきゃ。これは頑張りでも我慢でもない。僕がここでは笑いたい。楽しくいたい。誰より一番そう思っている）

結局、未来からティッシュペーパーをもらうと、大和は「ありがとう」とともに顔をそらして、静かに鼻をかむ。

そして、それを何度か繰り返すうちに、涙も拭って、止めることができた。

湯飲みに残っていたお茶を飲み干して、落ち着きも取り戻す。

「すみませんでした。急に……」

「いや。ほら。これも食え。おまけだ」

すると、今度はこのタイミングで、デザートのプリンが出された。

それも市販の容器入りのもので、見るからに買い置きのプライベートおやつ。

しかし、これがまた大和の胸を締めつけ、涙腺をゆるめそうになる。

「ありがとうございます。でも、これって未来くんたちのじゃ？　僕は気持ちだけで」

「未来のもあるから平気だよ！　早く食べよう！　大ちゃんもぷちんってしよう！」

慌ててプリンを開ける未来と大和の手元に、烏丸が新しい小皿とスプーンを置く。

「大和さんが食べてくださらないと、未来くんが食べられないんですよ。今夜は特別な便乗おやつなので」

（あ、そういうことか）

大和の顔に笑みが戻る。

「はい。では、ありがたくいただきます」

「やった！　ぷちんしよう、ぷちん！　おいしいよ」

未来と一緒に、容器入りのプリンをお皿に出した。

（そういえば、最近はこの手のおやつも食べていなかったな）

それは仕事柄無添加のものを――ではなく。単純に、おやつという概念が薄れてきて、休憩時間にはコーヒーのような感覚になっていたからだ。

（これもなんか、懐かしい味だな。というか、まだプリンを懐かしがる年じゃないはずだけど――）

なんだか今夜は、何から何まで懐かしく思えた。

そのたびに心がふわっと軽くなるような、摩訶《まか》不思議な感覚だ。

だが、これらは大和が勤めるうちに、無意識のうちに亡《な》くしてきたことなのかもしれない。

「食って寝て呼吸をするは生きる基本だ。チビどもを見たら理屈はいらん」

「本当ですね」

大和はもらったプリンを頰張りながら、狼が言うのはもっともだと思った。

「お兄さん。ここは初めてなの？」

――と、そんな大和に、初めて背後の客から声がかけられた。

「はい」

「そう。気に入った？」

「はい。とても」

特になんてことはない、やりとりだった。

すでに会計をすませたのか、サラリーマン風の二人が席を立つ。

「そしたら、また会えるといいね。俺たちもここが好きだから」

「ありがとうございます。絶対にまた来ます。こちらこそ、よろしくお願いします」

短い会話ののちに、男の一人が「店主。今日のところはこれで」と声をかけた。

「はい。またのお越しを」

そうして、もう一人の男が店の扉に手をかけたときだった。

先に勢いよく、ガラッと開いて、一瞬肩をビクリとさせる。

「おつ〜。いやもう、まいった。聞いてくれよ。今夜は超面倒な客が何組もバッティングしちまってさ〜。構いきれねぇから早上がりしてきちゃった――」

文句たらたらで現れたのは、日中と変わらないスーツ姿の歌舞伎町のホスト・孤塚だった。

しかし、その頭にはぴょこんと立つ耳があり、腰元から左右にぶんぶん振られている尻尾がある。

しかも、突然開かれた扉に驚いたのか、店を出ようとしていた男性の耳にもぴょこんとした犬のような耳が、またお尻にもフカフカな尻尾が飛び出していた。

犬と言うより、このボリュームは狸だ。

「え！」

「へ⁉」

目が合った孤塚と大和が声を発したのは、ほぼ同時だった。

「こんちゃん、大変！　お耳と尻尾がピョンしてる！」

「え⁉」

そう言った未来の頭にも耳がピョン。尻尾がポンと出てしまい、これには烏丸が咄嗟に手を伸ばして隠すも、もう遅い。

狼の利き手が、自然と額に向けられる。

「あんあん」

「きゅお～ん」

その上、座敷のサークル内では、双子のベビーがいつの間にか仔犬の姿になっていた。

やはり、こちらのほうが多少でも動けるのか、サークルに掴まり立ちをして、大はしゃぎだ。

こうなると、何か勝手に観念してしまったのか、残りの男性客まで耳と尻尾をピョン、ポンと出した。彼らは揃って狸だったらしい。

「……え？」

大和は、何が何だかわからなかった。

あまりに意味不明、理解不能な状況が続き、逆に反応が鈍くなっているのもある。

（何これ？）

だが、悲鳴さえ上がらないまま、大和はカウンターチェアーの浅い背もたれを掴みつつ、孤塚や男性客たちを今一度見回した。

もはやこれは、持って生まれた本能だ。

危機管理能力がフル発動だ。

「あんあん」

「きゅ〜んっ」

しかし、そんな危機感は、コロコロした身体でサークルの隙間から前脚を伸ばし、「遊んで」「構って」を炸裂させる二匹の可愛さに瞬殺された。

「えへっ。もうバレちゃった」

そして、耳をぴょこぴょこ、尻尾をフリフリする未来の「てへへ」に、まるでなかったことにされてしまったのだった。

4

その場で人の姿を保っていたのは、烏丸だけだった。

この状況で、丸ごと鴉になって見せるのは、躊躇われたのだろう。

「私は鴉です」とだけ口にしたが、「実の姿は日を改めて」と苦笑いを浮かべた。

しかし、大和が両目をパチパチとしている間に、店主・狼は、その頭から耳を生やして、カウンターの中から出てきていた。

心苦しそうに、うなだれた尻尾も見せる。

また、大和にバレるきっかけを作ってしまった孤塚は、「不注意すぎた。ごめん」と、俯いたまま。狸だったサラリーマン男性たちに至っては、溜息交じりで「ごめんね」「また来るよ」と、予定どおり店をあとにした。

「あん」

「あんあん」

変わらず元気なのは、サークル内で転がりまくってはしゃぐ双子の永と劫。

「えへっ」

そして、こうなったら笑って誤魔化せを貫く未来だけだ。

「すまない。実は俺たちは、妖術を持つ特殊な種族で……」

「――」

それでも驚きから無言になっている大和に対し、狼が説明を始めると、元気に立っていた未来の耳は、への字を書くように垂れ下がった。

大和の顔から笑顔が消えて、ずっと強張りが取れずにいるからだ。

「そして、この店。この店があるこの空間は〝狭間世界〟と言って……」

その後も大和は、狼からの説明を聞くに徹した。

狐につままれたような気分とは、まさにこのことだろう。

もしくは、すでに帰宅し、寝ていて、夢を見ている――だ。

ただ、だとしたらそうとうクリアな明晰夢《めいせきむ》だが、これに関しては最初から〝眠りの中で見ている夢だという自覚〟が伴わなければならない。

すると、今の大和には当てはまらない。無自覚のまま事故にでも遭い、強制的についた眠りの中で――と思うほうが、まだ理にかなっている。

もっとも、この内容で現実的な側面から道理を求めるのは間違いだ。

現状がすでに非日常であり、いきなりファンタジーだ。

せめて「白昼夢《はくちゅうむ》」にたとえたいところだが、それさえ許さない月が夜空に輝く時刻のファンタジーとなったら、まずは状況を受け入れた上で割り切るしかない。

（特殊な種族。狭間世界）

とはいえ、ここまで綺麗に現実から離れると、大和に恐怖の類いは起こらなかった。むしろ、目が覚めたらやっぱり夢だった！　かもしれないし。と、あれこれ考えつつも、無難なところで気持ちを切り替えたことで落ち着き始めている。

確かに、突然耳や尻尾を出した男たちには驚いた。

だが、牙を剥き出しにした狐や狼そのものになったわけではない。

いい年の男たちがコスプレまがいの獣耳をつけて、真面目な顔で自分を見てくるのだ。笑いこそ起こらないにしても、食われる、襲われるといった怖さは起こりようがない。

それどころか、たまに困ったように振れる尻尾を目にすると、実家で飼っていた犬を思い出して、愛着さえ湧いてくる。

「えっと……。ということは――。狼さんたちは、本当は狼や狐や鴉といった獣であって。でも特別な妖術があるから、人間の姿に化けられる。元は人間だけど、獣に化けられるというわけではないいんですよね？」

そうした感情の流れもあり、大和は狼からの説明を聞き終えると、自分なりに理解しようと脳内で話を整理し始めた。

それでも気持ちのどこかに、いつ目が覚めるかわからないし——という、疑いは持ち続けているが。

「⁉」

「？」

「……え、あ。そうだ」

「ちなみに、獣に化ける人間はいるんですか？　その、狼男とか実は本当にいるとか」

「それは聞いたことも、会ったこともない。少なくとも生きている人間にはいないと思うが、俺は」

「そうですか。よかった」

とはいえ。大和がしてきた最初の確認が、孤塚や烏丸、狼にとってはかなり衝撃的かつ、斬新だったようだ。

「それ、今いる？」

「きっと、大和さんには大事なことなんですよ。大和さんにとっては」

思わず、孤塚と烏丸がヒソヒソしてしまう。

だが、必死で話を整頓している大和には、案外重要なことだ。

なぜなら、獣に化けられる人間がいるなら、ある日突然自分がそうなる可能性が発生する。身内がいきなり化け始めることだって、ありえるからだ。

そう考えると、ここははっきりさせておきたいところだった。

まずは、一つホッとした。

ただし、〝生きている人間にはいないと思う〟という言葉に、気がかりは残ったが。

「――では、話を続けますね。狼さんたちのことはわかりました。なので、次はこの店自体のことですが、すでに異世界ってことですか？　僕は新宿御苑の旧・新宿門衛所を通ってきたけど、実際ここは施設敷地内ではなく、狼さんたちが住む世界。その、過去に人間とかかわったことのある狼さんたちのような妖力持ちの動物や、精霊、神様たちで形成された〝狭間〟という、完全な神様たちの世界と人間世界の間に存在する空間ってことで、いいですか？」

大和は物事に対して、どちらかと言えば理由や理屈を明確にしたがる性格だった。

本人にもその自覚はある。

そうなると、これが夢でもいきなりファンタジーでもいいので、まずは設定だけでも正しく頭に入れて、置かれた立場を理解しようとしたのだ。

「そうだ」

狼がそれをどう思い、感じたのかはわからない。

しかし、彼の対応は変わらずだ。

必要なことだけを淡々と、また隠す様子もなく教えてくれる。

「では、どうして僕は、この狭間世界にすんなり入れたのでしょうか？　狼さんたちが連れてきてくれたからですか？　それとも、一人であっても自由に出入りができるってことなんでしょうか？」

「今夜ここへ入ってこられたのは、俺たちが誘導したからで間違いない。また、何も知らないうちなら、再び俺たちが誘導することで、出入りはできた。しかし、事実を知った今。大和が行き来ができるかどうかは、その心に〝鍵〟を持っているか、また使えるか否かで決まる。俺たちには、どうすることもできない」

「鍵？」

「そう。鍵を持って使える者なら、この先は一人であっても出入りができるし、こうして我々とも同じときを過ごせる。だが、鍵がなければ、またあっても使えなければ今夜の記憶は一夜の眠りとともに消えるし、ここへ来ることは二度とない」

「――記憶が消える？」

ただ、順調に話を進めてきたが、ここで大和は新たな衝撃を受けた。

ズキン――と胸が痛む。

どうして、なんでと、疑問ばかりが湧き起こる。

「だから俺はすべてを明かした。こうしてありのままの姿も見せた」

この場で正直すぎた狼の真意が、明らかになる。

それ自体は間違いではないだろうし、これこそが狭間世界のルールに則《のっと》った上での、最上の誠意かもしれない。

しかし、大和は素直に「そうですか」とは返せなかった。

自身の中に湧き起こった疑問に対して、答えを求めるのが先だったからだ。

「僕に鍵がなければ、あっても使えなければ忘れてしまうから？　もう、二度とここへ来ることもないどころか、今夜のことを全部忘れてしまうから？」

「そういうことだ」

「……そんな」

狼が発した答えは、ほぼ大和が想像したとおりだった。

だが、それにもかかわらず、これまで以上に衝撃を受けた。

彼に裏切られたような怒りや、寂しさまで込み上げる。

これが自分の我が儘であり、また一方的な願望や欲望からなる感情だろうことはわかっていたが、彼からは肯定されたくなかったのだろう。

これは夢かもしれないしで自分を落ち着けながらも、その夢を見た記憶、感じた気持ちを勝手に奪われることには、同意も納得もできなかったのだ。

「大ちゃん」

何かに縋るように尻尾を抱えた未来の不安げな、それでいて悲しそうな声に、大和の感情が爆発した。

「いや。でも、そんな一方的な。忘れたくないです。そもそもその鍵って、どういうものなんですか？　心にって――。もっとちゃんと、具体的に教えてください。愛とか勇気とか異世界を信じる気持ちとか、そういう感情ってことですか？」

大和が思わず身を乗り出す。

思いつく限り、それらしいことを口にしてみる。

もし鍵が、自分の気の持ちようで得ることができるものなら、今からでも得たいと思ったのだ。

「そうだな。感情であり信念であり、そうした目には見えないものだ。だが、だからこそ、言葉だけでは正しく伝えることが難しい。なぜなら鍵は俺たちと同じ気持ちであり、使えるかどうかは、その思いの強さにかかっているからだ」

「――同じ気持ち？　思いの強さ？」

「ああ。こればかりは、測りようもなければ、明確な数字で教えることもできない。だから、大和に鍵があるかどうか、使えるかどうかは、大和自身にもわからないだろうが、俺たちにもわからないんだよ。ようは、鍵は〝それを知るための鍵〟でもあるってことなんだ」

しかし、聞けば聞くほど、どうにもならないことだった。

こうなると、基準があってないようなものだ。

まるで、鍵と鍵穴の関係だ。鍵がなければ扉は開かないし、仮にあったとしても鍵穴に合わなければ開かない。

だが、これが人間が狭間世界を行き来するための掟であり、ルールなのだろう。

もしかしたら、この世界そのものが秤となって、訪れる人間を選ぶのかもしれない。

「それを知るための鍵って……。僕は今すぐにでも知りたいのに」

ただ、そのルールを理解したらしたで、今度は新たな怒りや哀しみが生まれる。

「慌てなくても、すぐにわかる」

「忘れてしまったら、一生わからないのに？」

「〝わからないこと〟そのものもわからなくなるから、問題はない」

狼の一貫した口調と無感動にも思える声色が、大和にこれまでに覚えのない負の感情を湧き起こらせたのだ。

「でも、狼さんや未来くんたちは覚えてるんですよね？　もし僕が忘れてしまったら、あ――、あいつには鍵がなかったんだな。使えなかったんだって。そういう結果を知るんですよね？」

少なくとも、彼らはこのルールを知っていた。

その上で大和を誘い、こんなにも素晴らしいひとときと感動を与えてくれた。

しかし、それ以上に失うかもしれない不安や哀しみがこの一瞬にあることは、想像ができなかったのだろうか？

もしくは、すべてを承知の上で？

「それは、そうだな。だが、知ったところで感情が動くのは、いっときのことだ。永い歳月の中で、いつまでも覚えていられることは、そういくつもない」

「――」

大和は、狼の言葉から（承知の上か）と悟った。

思えば未来が嬉しそうに大和を誘った瞬間、狼は少し考えていた。

大和の家族が夕飯を用意して待っているのではないかという気遣いと同時に、こうなったときのことを考えていたのかもしれない。

もっとも、今日の今日で正体が知れることまでは、想定しなかっただろう。

少なくとも大和には、事実を知るまでなら彼らの誘導でここと行き来ができるという猶予があった。

仮に一人で来ようとして店に辿り着けなくても、最初が夜の森の中だけに、道を覚えていなかったのかも――で、大和自身が納得してしまう。

そうしたところへ、未来なり狼なりが迎えに来てくれたら、今後も何回かはここへ来ることができたかもしれない。

孤塚の酷い落ち込みぶりには、そうした機会や可能性までなくしたことが含まれていたのかもしれない。

改めて大和に目を合わせてくると、

「ごめん。本当に、ごめんな」

深々と頭を下げて、謝ってくれた。

すると、そんな孤塚の姿を見た狼が、フッと微笑んだ。

「だが、俺たちは再会を待っているし、心から望んでいる。また、そうなると信じて、俺はここへ連れてきた」

「――‼」

力強い言葉が続く。

彼には淡々と語られてきた分、今の言葉は今日一番の衝撃となって大和の胸に刺さった。

「そうだよ、大ちゃん！　大ちゃんはもう、未来のお友達でしょう！　ご飯も一緒に食べたでしょう！　ぷちんも一緒にしたでしょう！」

それを聞いた未来が、声を張り上げた。

「未来くん」

「今度は一緒にドラゴンソードのカードしよう。お散歩したり、ボール投げしたり、またご飯も一緒に食べよう」

懸命に大和に訴えかけて、隣の席から両手を伸ばし、大和の手を握りしめてもくれた。

「だから、未来たちのことを忘れないで！　絶対にまた遊びに来て！　未来も大ちゃんのところへ行くから。ちゃんと遊びに行くから。未来、絶対に大ちゃんのこと忘れないから、約束するからっ！」

――うん。そうだよね。また、絶対に会えるよね。

――すぐにでも遊びに来るよ。明日にでも来るよ。

――絶対に来る！

だが、そう発したはずの大和の言葉は、どうしてか声にならなかった。

すぐに握り返したはずの小さな手。その感触は得られず、それどころか次第に意識が遠のいた。

（約束――。絶対に忘れない。また、一緒にご飯を食べよう。ぷちんってしよう）

自分の意思ではどうにもならない、睡魔にも似た感覚に襲われる。

（……約束……）

大和の意識は、ここでフェードアウトした。

目覚めたときに鍵がなければ、面白い夢を見たな――という、微かな記憶さえ残らない。

残酷なようだが、大和にとっては救いだ。

狼が言ったように、何の問題もない朝が来るだけだから――。

＊＊＊

眠りに落ちた大和は、随分はっきりとした夢を見た。

農家を営む実家のある、北海道の雪深い午後。

表に出て遊べない小さな大和を膝に乗せて、祖父が地元に伝わる昔話の流れから、曾祖父のことを教えてくれた。

側には囲炉裏があり、南部鉄器の茶瓶が置かれて、静かに白い湯気を出している。

これこそが明晰夢だ。

〝――え！　大地の曾お祖父《ひいじい》ちゃんって、エゾシカさんたちの国へ行ったの？　それって、どんな国？〟

〝どんなもこんなも、裏山と何にも変わらんかったらしいけどな〟

〝裏山？　僕んちの裏の山ってこと？〟

〝おお。ただ、裏山よりもっと綺麗で、山だけでなく海も湖も畑も田んぼも――全部あったそうだ。大雪で家が埋まることもなく、エゾシカは人に姿を変えて一生懸命働いて。みんなで豊かに穏やかに暮らしていたそうだ〟

大和は二人の様子をじっと見つめて、話を聞くだけだった。

〝――シカが人？　それって、サンタさんじゃないの？〟

〝サンタ？〟

〝エゾシカってサンタさんのソリも動かすんでしょう？　前にお祖父ちゃんもそう言ってたよ〟

〝ああ――。そうだった、そうだった。大地用のサンタが乗ってくるのは、エゾシカのソリだった〟

黙って、黙って、ただじっと見つめて、真剣に聞き入る。

〝うん！　でも、そうなんだ。曾お祖父ちゃんって、サンタさんの国に行ったことがあるんだ！　すごいね。サンタさんとお友達！〟

〝――やっぱり大地には、会ったことのない曾祖父さんより、サンタか〟

〝どっちも好きだよ！　でも、大地も行ってみたいな。サンタさんとエゾシカの国。裏山に海があるって、どんなだか全然わかんないし。あ！　プレゼントの海かもね！〟

〝確かにな……〟

そうして二人の話は、ここで終わった。

ゆっくりと映像もぼやけて視界が暗くなっていく。

（エゾシカにサンタ……。本当は、トナカイにサンタ？　いや、そうじゃない。これはあくまでも、曾お祖父ちゃんとエゾシカの心温まるエピソード――のはずだ）

まだ夢の中、眠りの中だが、力いっぱい溜息をついた自分がいた。

今なら祖父が、どうして最後に肩を落としたのかがわかる。

父親から聞いた思い出話を、満を持して可愛い孫へしたつもりだったのだろう。

しかし、とうの孫は、お伽噺《とぎばなし》のような異世界話よりも、そこから連想したサンタクロースに食いついた。

それも話の頭から登場人物を大改変して――だ。

祖父のことだ。「お前もここの人間なら、たとえトナカイと言われても、それはエゾシカじゃないの？　と言わんかい！」と、思ったかもしれない。

だが、そこはもうあとの祭りだ。

こうしてはっきり夢で見ても、実際に聞いた覚えがない。

三歳か四歳くらいのときのようなので、すっかり忘れているのだろう。

ただ、この曾祖父の話の元になっている、地元民話ならよく覚えている。

それは、いつの頃かもわからない大昔のこと。

罠にかかったまま餓死をしかけた狼の子が、通りかかった農夫に助けられて、一命を取り留めた。

その後は手厚く看病をされて、元気になった狼の子は山へ戻るが、あるときその農夫が熊に襲われた。

農夫は死を覚悟した。

しかし、そこへ立派に成長した狼の子が現れ、熊との死闘の末、農夫を救ってくれた。

だが、代償は大きく、狼は命を落としてしまう。

農夫は嘆き、手厚く葬るも、気持ちが晴れずに病の床へ。

すると、ある日夢枕に狼が現れて言った。

自分は天国や地獄へは行っていない。もっとも人の世界に近い場所で、幸せに暮らしている。神様が行いを褒めて、そうしてくださった——のだと。

だから、いつも側にいるし、これからも会いに来る。どうか元気になって——と。

そうして、明け方目が覚めると、農夫はこれまで以上に元気になっていた。

家の外に出ると、そこには狼がいて、彼は心から再会を喜んだ。

その後は、狼が住むという世界と行き来し。みんなで楽しく暮らして、めでたしめでたしだ。

ただ、これに関しては、似たような話がその土地土地にあるようで——。

場所によっては狼が狐になったり、熊が狼になったりと様々だ。

最悪、翌日元気になったはずの農夫は、実は天国で狼に再会したにすぎないという、つい最近リメイクされたんだろう——と思うようなひどい話も、大和は聞いたことがある。

実家の隣町に住む友人からだ。

（——でも、これってもしかしたら、民話の主人公を自分に入れ替えて作った話じゃなく。曾お祖父ちゃん自身が、本当に助けたエゾシカに導かれていった〝狭間世界〟だったのかな？　人の姿をしたエゾシカって、きっと頭から角を生やして、お尻から尻尾とか、そういう感じじゃないのかな？）

しかし、今になって、どうしてこんな夢を？　と思えば、やはり狭間世界に関係しているような気がした。

大和は夢の中だと自覚しつつ、あれこれと考える。

（……あ、でも、そうだとしたら。曾お祖父ちゃんには記憶があった？　ちゃんと鍵を持っていたから、お祖父ちゃんにその話をした？　家の裏山に旧・新宿門衛所みたいなところがあって、狭間世界と行き来をしていたってこと？）

そうして一つの結論に行き着いた。

「曾お祖父ちゃんは鍵を持って使えた！」

そう叫んだ瞬間、大和は両の瞼が開いて、目を覚ます。

勢いのまま上体を起こして、かかっていた布団を両手で握りしめた。

「……って、夢？　全部、夢？」

夢から、そして眠りから覚めた。

しかし、実際どうなのかが、すぐにはよくわからない。

それほど明晰夢の記憶は鮮明だ。

はっきりしすぎていて、逆に現実と区別がつかなくなる。

大和はまず、グー、パーを繰り返した。

そして、枕元に置かれた眼鏡をかける。

「いや、夢のはずがない。こんなにはっきり覚えてるし、何も忘れていないってことは……」

クリアになった視界で、八畳程度の室内を見回し、いつもどおりハンガーにかけられたスーツに目をとめた。

ソファベッドから急いで下りて、ポケットの中から財布を取り出す。

そうして、震える指先を駆使して、二つ折りの財布の片側にある小銭入れのファスナーに手をかけた。

恐る恐る開いた瞬間、最初に視界へ飛び込んできた紐つきの硬貨に、双眸が釘づけになる。

「――あった！　未来くんにもらった五円玉。赤いリボンが結ばれた、これこそが、まさに〝ご縁〟だ」

一気に湧いた高揚から、大和の頬が赤らんだ。

身体の奥底から喜びが起こり、心なしか体温まで上がってくる。

「でも、ってことは。僕の心には狭間世界と行き来ができる鍵がある、使えるってこと？　それってやっぱり、信じる気持ちとか、再会を願う気持ちとか、そういうものが強かった？」

昨日のことは、何一つ忘れていなかった。

未来たちとの出会いも、美味しいご飯も。

また、異世界の話に動揺する自分も、二度と彼らに会えないかもしれないという不安や絶望、喪失感さえもだ。

「――いや、そうじゃない。僕だけの思いで――なんて考えたら、傲《おご》りになる。きっと、これは未来くんが五円に鍵となる気持ちを込めてくれていたんだ。そうでなければ、僕の会いたいだけでは、叶わなかったかもしれない。忘れていたかもしれないし」

だが、すべてを覚えていたからこそ、大和は未来にもらった五円硬貨を、大切に握りしめた。

「ありがとう。未来くん」

財布の中へ戻して、今度は財布ごと抱きしめた。

「僕、未来くんとの約束を守るよ」

そうして、さっそく今日にも会いに行こうと決めた。

「だから、また一緒にご飯を食べようね。ご飯のあとには、ぷちんってしようね」

仕事終わりにはプリンを買って、それを手土産《てみやげ》に飯の友へ行こうと決めた。

＊　＊　＊

シフト開始時間に合わせてマンションを出た大和は、新宿御苑の外周を横目に、意味もなく走り出しそうな自分を抑えて職場へ向かった。

その頭上には鴉が一羽。薄曇りの中を、まるで大和のあとをつけるように飛んでいる。

（生憎の天気だな。午後からはまた降るみたいだし、梅雨明けまでは仕方がないか）

今日の勤務は早番だ。

開店一時間前からの出勤になるが、その分、夕方の五時には上がれる。

最悪、残業を頼まれたとしても、飯の友の営業時間は夕方の六時半から十時まで。

職場で十時上がりが定時の遅番者のフォローを丸ごと受けない限り、遅くとも七時や八時には上がれるはずだ。

——と、ここまで想定して、大和は首を振った。

（いや！　今日は絶対に定時で上がる。そもそも残業を頼まれる前提で、予定を立てるのがおかしい。まずは、こういう癖も直していかないと。深森みたいに！）

考えるまでもなく、仕事帰りに明確な予定を決めて行動するのは、入社以来今日が初めてだ。

周りが決めた歓送迎会や、大学時代の同郷友人からの声かけで予定が埋まることはあっても、自ら決めて行動することがなかったからだ。

改めて言うまでもないが、これは大和も自覚する無趣味の結果だ。

自分からあれをしたい、これをしたいという欲求が起こらず、仕事だけを軸にして日々を過ごしていた。

結果、暇人と認識されて、気がつけば職場の何でも屋だ。

鮮魚部で魚をおろす、精肉部で塊肉を部位ごとに切り分けるなど限られた専門職以外なら、一通りこなせる。

青果部に至っては、もともと農家の生まれで野菜果物の知識にも長《た》けているため、社員がひっきりなしに部署異動を誘ってくるほどだ。

当然、それは他部署の社員が許さず、良くも悪くも大和は店内の人気者だ。

しかし、これからは違う！

自らの意思で、会社帰りに寄りたい場所ができた。

飯の友の定休日までは聞いていないが、自分は土日祝日が関係ないシフト制の勤務だ。

公休日が平日になることも多いし、そうなればふらっと外食をしにだって行ける。

これから時間をかけて親しくなっていけば、そうした食事以外でも、未来たちと会えるかもしれない。

それこそ未来が言っていたように、カードゲームやボール遊びといったこともできる。

そのためにも大和は、まずは今夜が勝負だ！　と思った。

まずは実際に旧・新宿門衛所を潜ってみないとわからないが――。


「おはようございます」

そうして勤務開始時間の十分前には店へ入った。

すでに海堂と各部署の社員やパートたちも出勤し始めている。

また、昨日早番だった店長は、本日遅番という形で休みの調整をしているので、出勤は午後からだ。

自分の不在もあり「また何か頼まれたら連絡を」と言ってくれたのもあるだろう。

(――そういえば、深森は有休だっけ。今日のコンサートは大阪《おおさか》？　名古屋《なごや》？　なんにしても、バイトやパートさんたちにドタキャンがないといいんだけど)

大和も普段どおりに、ロッカールームで着替えてから、事務所へ向かった。

そうしてタイムカードを押していると、背後から「大和！」と声がかかる。

「――はい」

「悪い！　青果で病欠が出た。昼まで応援に来てもらえるか」

「わかりました。調整してみます」

「助かるよ。頼むな」

「はい」

さっそくイレギュラー仕事を頼んできたのは、青果部門の社員だった。

しかし、病欠はどうしようもない。こればかりは、快く引き受ける。

それに、生鮮部門は朝から開店までの値つけや品出しが一番多忙だ。

その後は昼までに、今日の分を準備し、ある程度のストックが作れれば、一人足りないくらいならどうにかなる。

それより何より、青果の社員は人一倍働くので、応援に行っても気持ちがいい。

大和は、今日の自分の予定を確認しながら、この時点で若干の残業は覚悟した。

普段ならば店長の補助を受けながら、海堂と深森と三人で店内を見るが、今日は深森がいない。その分だけでも普段より仕事が増える。

それでも予定どおりにバイトが入ってくれれば、自分が午前中にやる予定だった仕事を今日明日に分けて、長時間の残業は回避ができる。

何より店長も午後には来るしで、自身の予定を組み替えた。

しかし、それから五時間後――。

（やっとランチ休憩だ。でも、今日の青果部は一致団結していて、気持ちがよかったな。この分なら、午後からはいつもどおりに回りそうだ）

「あ、いた！　大和」

事務所でタイムカードを押してから、惣菜コーナーでお弁当でも買おうか――と、足を向けたときだった。

背後から呼ばれて、振り返る。

声で誰かがわかる分、一瞬嫌な予感に駆られた。

「海堂さん」

「ごめん。今、長谷川さんから電話があって、子供の調子が悪いらしい。これから学校へ迎えに行って、そのまま病院に連れていくから、休ませてくださいって。悪いけど、夕方からラストまでレジ頼むよ」

（――やっぱり）

思わず声に出そうだったが、グッと堪えた。

この理由はどうしようもない。

ただ、それとは別に、大和はもっと根本的なところで引っかかりを覚えていた。

「そうなんですか。それは、お子さん……心配ですね。でも、長谷川さんって基本早番組ですよね？　遅くても六時には完全アップじゃなかったでしたっけ？」

そう、基本的な契約のことだ。

会社側はパートやバイトに対して、最初に働ける時間帯を確認してから契約をしている。

特に中学生以下の子供がいる場合、こうした急用の割合は多くなるだろうという判断から、無理のない時間帯を本人に選んでもらっているはずなのだ。

「いや、今日は旦那さんの有休家事デーだから、たまには遅番を――って言ってくれたんだ。けど、その旦那さんが急な呼び出しで出勤になったらしくて。それで家に誰もいないから、すみませんって話で」

「……あ、なるほど」

そうとしか返しようのない経緯だった。

長谷川としては、家族団らんよりも遅番組に気を遣ってくれたのだろうが、それが裏目に出てしまった形だ。

世の中、うまくいかないものだ。

「とりあえず、今から品出しだよな？」

「いいえ。これからお昼休憩です」

「――そうか。なら、休憩が終わったら、鮮魚に応援で一時間頼む。なんか、入ったばかりの新人パートさんが、思った以上に覚えられなくて、親方が苦戦してて。悪いけど、基本的なパックの仕方とかを見てやってほしいって」

「はぁ――。はい。わかりました」

しかも、大和の仕事がまた一つ増やされた。

だが、これも新しい人が入ったときには、あることだ。

特に鮮魚の親方と呼ばれる社員は見た目が厳《いか》つく、オラオラ系の江戸《えど》っ子板前のような人物だ。

大和とまったく同じ説明をしても、相手がビクビクしすぎて、内容が頭に入ってこないらしい――と、これは親方自身も落ち込んでいたことがあった。

――だから悪いが頼むと言われたら、断れないものの一つだ。

（え？　でも、待って。ということは、昼休憩のあとに鮮魚に一時間。そして、夕方からってことは、だいたい五時から閉店までレジ？　終わりが遅番と一緒？　飯の友は閉まってる？　それより今日中にできなくなる僕自身の仕事は、明日に持ち越し？　すでに明日まで残業確定ってこと？）

さすがにこれは〝そんな馬鹿な！〟という流れだ。

昨日までの大和なら、すべてを引き受けても「仕方がないか」ですませてきたが、今日は違う。

目的があるだけで、これほど意識が変わるのかと、自分でも驚くくらいだ。

（――あ！　いっそこれから行くだけ行ってみる？　目と鼻の先だし、一時間もあれば、本当に狭間世界に行けるのか否かくらいは確かめられる。お店を見に行くことだけでもできれば、それだけでも気持ちが……）

思い立ったが吉日どころか吉時間だ。

大和はすぐにでも実行しようと、昼食を摂ること自体をやめにした。

お腹は空いていたが、それより何より狭間のほうが気がかりだ。

都合がつくまで待っていたら、それこそ自分のほうが仕事にならない。

ましてや、次に予定外の仕事を頼まれたら、暴言の一つも吐いてしまいそうだ。

（よし！　そうしよう）

大和はその足で裏口へ向かった。

「大和！」

（あ、青果用の前かけ――。まあ、あとで戻せばいいか）

だが、腰に巻いていた前かけに手をかけながら、裏口を一歩外へ出たときだった。

どこからともなく、大和を呼ぶ声がした。

「はい⁉」

（今度は何！）

足を止めて返事はしたが、これはもう反射だ。

思ったことが口から出なかっただけ、自分を褒めたい。

「——え？　誰もいない」

しかし、確かに呼ばれて振り返ったはずなのに、背後には誰一人いなかった。

前や左右を見回すも、やはり誰もいない。

「や～ま～と～」

しかし、自分を呼ぶ声だけは、尚も続いた。

これには背筋がぞっとする。

「え!?　ちょっ、何。誰？　気味が悪いので、冗談はやめてください！」

「だから、俺だよ大和。聞こえてんだろう」

誰かの悪戯としか思えず、大和は尚もあたりを見回した。

だが、声はすれども姿は見えずで、大和の視界には誰もいない。

（——何？　僕、狭間世界から何か憑《つ》けてきた？　まさかそれが鍵とかその代わりになっていて、記憶があるとか？）

昨日の不思議な体験がなければ、またその記憶がなければ、こんな発想はしないだろう。

しかし、はっきりと記憶があるだけに、思考がすべて現実のものごとから離れていく。

しかも、こうなると不思議やあやかしではなくオカルトだ。

今にも腰が抜けそうになってくる。

「ここだよ、ここ。下を見ろよ、下！」

「ひっ！」

すると、いきなりズボンの裾を引っぱられて、小さな悲鳴が漏れた。

ただ、これもまた反射であり、決して怖い物見たさではなかったが、大和は足下に目を向けた。

「——え。豆柴ベビー⁉」

そこにいたのは、昨夜見た豆柴の赤ちゃん——ではなく。それとよく似た大きさの、だがちゃんと別の子とわかる仔犬だった。

「んなわけねぇだろう。どう見たって狐だろ！」

だが、あまりにもはっきりとしたこの口調と声色には、何か覚えがあった。

「うわっ、狐顔の豆柴がしゃべった！」

「いや、だから違う！　孤塚だよ。俺様はこ・づ・か」

「——」

そう。この声や口調は間違いなく、あの歌舞伎町のホストにして、耳と尻尾を生やした孤塚だった。

ただ、大きさや容姿があまりに違うので、大和は見開いた両目をしばし細めた。

数秒の間ではあるが、やっぱり憑きものか？　と疑ってしまった。

5

大和が「はっ」としたのは、急に雨音が激しくなったからだった。

（雨――）

スマートフォンに毎朝届くよう設定している天気予報の通知から、今日は昼過ぎから雨が降ることは知っていた。

この分では、自分が青果のバックヤードに籠もっている間に、降り出していたのだろう。

だが、それより何より今はこの場からの移動が先だ。

さすがに誰かに見られたらまずい――という気持ちから、大和は孤塚を誘って人目につかないよう、マンション裏にある駐輪場の脇へ移動する。

「――ってか、お前よ。まさか、記憶が飛んだんじゃねぇだろうな。俺はお前が絶対に忘れてねぇと思って、ここまで頼ってきたのに……。どうなんだ⁉」

「えっと。はい。ちゃんと覚えてます。ただ、孤塚さんの――。あの歌舞伎町のホストさんのご本体が、まさか双子ちゃんと変わらない大きさの子狐さんだったとは思わなくて」

三十台程度が置ける駐輪場の屋根で雨をしのいで話を始めた。

孤塚は姿こそ小さいが、二足で立っており、両前脚を腰に回している。偉そうな態度はまったく変わらない。

だが、胴体ほどありそうな、もっふりした尻尾が、なんとも言えずにチャーミングだった。と同時に、とてもふかふかしていて、今が冬なら首に巻きたくなったことだろう。

「あ？　いや、ちげーから。この姿はただの妖力不足。いわば、省エネモード」

「省エネモード？　それでこんな小さくなっちゃうんですか？　え？　ちょっと待ってください。もしかして、孤塚さん。ここに入るんじゃ……」

だが、どんなに態度が横柄でも、大和には今の孤塚が豆柴の仔犬としか思えない双子と大差なく見えた。

ふと、思いつきから孤塚を抱き上げて、つけていたデニム地の前かけの、かなり大きなサイズのポケットの中に入れてみる。

すると、ジャストフィットした。

「入った！　うわっ、可愛い。拾ってきた仔猫みたい」

すっぽり収まったところで、思わず歓喜する。

「やめろ、馬鹿！　拾ってきたって、たとえが失礼すぎるだろう！」

孤塚は前脚をポケットの縁にかけて懸命に頭を出すが、こうなるとぬいぐるみが入っているようにしか見えない。

ある意味、いきなり人が来ても誤魔化しが利く。

なので、大和はこのまま話を続けることにした。

「ごめんなさい。失礼しました。そしたらやっぱり豆柴ベビーちゃんですかね」

「だから狐だ、狐！　猫でも柴でもなく俺様は狐様！　ってか、お前。やっぱり覚えてたんじゃねぇかよ。鍵を持ってたんだな！　よかったよかった」

孤塚は何かと不服そうだった。

しかし、それでも大和との再会を信じて、心から喜んでくれていた。

それだけで大和の顔には笑みが浮かぶ。

自然と両手が孤塚を収めたポケットを撫でる。

「——だといいんですけど。でも、まだ門を潜っていないので」

「大丈夫だって。記憶があるなら潜れるよ。今夜にでも行ってみたらいいじゃねぇか。未来や狼たちも気にしてるから」

「はい。でも、残業が……。それで今から行ってみようかと思っていたんですけど」

「そうだったのか。いや、でも悪い。今だけはその時間で、俺をどうにかしてくれ」

「孤塚さんを——、ですか」

すると、ここに来てようやく話が本題へ入った。

孤塚が自分の左耳を指しながら説明を始める。

「俺のイヤーカフスを探してほしいんだ。覚えてるか？　耳にはめていた金のカフス」

大和は言われるまま、昨日の出会いシーンを思い出す。

しかし、記憶を辿るも、派手なスーツ姿に第一印象を持っていかれている。

「——ごめんなさい。それは覚えていないです。というか、よく見ていなかったんですけど……。ようは、金色のイヤリングみたいなものですよね？　確か、耳のふちにはめるタイプでしたっけ」

それでも、イヤーカフスと言われて、なんとなく品物はイメージした。

たまに藤ヶ崎がつけていたのを見て、知っていたからだ。

「そう。それ！　耳たぶにぶら下げるんじゃなくて、耳のふちにはめる金色のやつ。俺のあり余る妖力の蓄電池代わりなんだが、殴られた弾みで外れちまって……。しかも、こんなときに限って、雨まで降ってきやがったもんだから——。太陽光の力も借りれなくて、それでこの姿なんだ」

とはいえ、この説明には驚いた。

大和は慌ててポケットの中から孤塚を引き出し、両手で抱き直す。

「——え、ぶっ飛ばされたんですか？　まさか、狼さんか烏丸さんと喧嘩でもしたんですか？　その上、太陽の神様にまで見捨てられた？」

そう言いつつも、大和は抱えた孤塚の頭部をくまなく見始めた。

弾みでイヤーカフスが外れたのなら、殴られたのは頭部か顔だろうと思ったからだ。

「んな、わけねぇだろう！　モテない男の僻《ひが》みだ。完全に八つ当たりの巻き込まれだ」

「それって、お店の女性客に手を出して？　ライバルホストさんか恋人か、もしくは旦那さんが出てきたとか？」

「いや、手も足も出してねぇし！　俺は正規の接客しかしてねぇから！」

しかし、達者に話し続ける孤塚の顔や頭部に、それらしい痕跡は見当たらなかった。

なので、そのまま胴体のほうを見てみる。

「昨夜も言っただろう。俺様に熱を上げすぎた常連客たちがいるんだが、そいつら同士で派手に揉めたんだ。私こそが孤塚くんのナンバーワンを支える一番の客よ――みたいな喧嘩になって、それを今日まで引きずっていたみたいで……」

「確か面倒くさくなって、早退しちゃったんでしたっけ？　そういうときって、うまくヘルプとか使って捌くんじゃないんですか？　ナンバーワンなら」

「俺にだって我慢の限界が――って、そんなことまで覚えてたのかよ。しかも、やけに詳しいじゃねぇか。クラブなんて行ったことなさそうな顔をして」

「うちのバイトに藤ヶ崎くんって子がいるんですけど、以前歌舞伎町でバーテンダーをしていたみたいで。仕事中だっていうのに、前にあれこれ話してくれて……」

大和は、そんな話をしながらも、孤塚の身体を前後左右から目視した。

だが、やはり人間とは違い、見た目だけではわからない。

怪我がないならいいが――と思いつつも、一応殴られたあとに瘤《こぶ》ができていないか触診の真似事をしてみた。

「あ、そう。ってか、何触ってんだよ。くすぐったいじゃねぇかよ」

と、さすがにこれは抵抗された。

「殴られたって聞いたので、怪我でもしていたら大変だなって確認を」

「それはいいい！　平気だから、勝手に撫で回してるんじゃねぇ。俺様へのボディタッチは高いんだ。大体、犬猫を抱く感覚で撫で回すのはやめろよ。俺様はナンバーワンホストな上にお狐様なんだぞ」

「でも、可愛いから」

しかも、つい本音が漏れた上に、クスッと笑ってしまった。

「言うな、笑うな、撫でるな！　ってか、とにかくそういうわけだから、すぐにイヤーカフスがいるんだよ。俺と一緒に来て探してくれ」

そうとう恥ずかしかったのだろうが、背に腹はかえられないとは、このことだ。

孤塚は一、二度ジタバタしたが、すぐに話を戻した。

なので大和も、ここから先は、イヤーカフス探しに気持ちを切り替える。

「わかりました。行きます。それで、どこで誰に殴られたんですか？」

「歌舞伎町の入り口近くで、常連客の旦那に」

「やっぱり旦那さんが出てきたんじゃないですか！　奥さんに浮気なんかさせるから」

それでもこの事情聴取には、確信犯的なところがあった。

場所だけ聞いてもいいだろうに、大和はさらっとトラブルの相手まで聞き出している。

「だから、そこは仕事の範囲だ。俺は基本、寝ないホストだし店内接客しかしてないし！　それを勝手に盛り上がりすぎて、揉めたついでに朝帰りになったらしい客の旦那が、俺と一緒だったのかって勘違いをして――。ってか、普通に考えても、俺が人間の女とイチャコラするはずがないだろう」

まんまと聞き出された孤塚が、再びジタバタを始める。

しかし、これを「まあまあ」と宥めつつも、大和は孤塚が手からこぼれ落ちないように抱きしめた。

「――あ。気が抜けたら耳と尻尾がポンですもんね。そりゃあ、そう簡単には、そういうこともできないのか」

これはこれで反射だが、どうしても勝手に手が動いて、いい子いい子してしまう。

「仕事以外では気は遣いたくねぇからな。ここ、勘違いすんなよ。気が抜けるんじゃなくて、自ら抜いてるだけだから」

「はいはい」

「だから、撫でるな！　俺様は犬猫じゃないっ」

すでに省エネサイズの孤塚が可愛くて仕方がないといった大和に、無駄な抵抗とはこのことだった。

それでも、だいぶ堪能したのか、大和はいったん孤塚の頭や背中を撫でる手を止めた。

「わかりました。それより歌舞伎町の入り口まで行って探すなら、けっこう時間がいりますよね。ましてやこの姿じゃ、飼い主なしでウロウロしていたら保護されてしまうし」

にっこり笑って、今度は現実を突きつける。

「飼い主だと！」

「犬猫じゃなくて、狐でもそれは同じです。むしろ、ペットとしてなら狐のほうが希少なんですから、下手したら攫《さら》われて売られます。それこそ一生誰かのペットでケージの中ですよ」

「――」

そんなことは言われなくてもわかっている。

そう言い返したいのはやまやまだろうが、孤塚もあえてか黙っていた。

「わかったら、元の姿に戻れるまでは僕に従ってください。今、時間をもらいますから、この中でじっとして、大人しく待っててください。いいですね」

「――コン」

それでも今一度前かけのポケットに入れられると、孤塚は鳴いた。

言葉では承諾をしたくなかったのだろうが、しぶしぶ頷きながら従うことに同意する。

(孤塚さん。やっぱり可愛い！)

しかし、これがまた大和にとってはツボだった。

「じゃあ、少しの間だけで、我慢してくださいね」

大和は孤塚を入れたまま前かけを外して、軽く畳むと両手に抱えた。

傍《はた》からは丸めた前かけを持っているように見せかけて、そのまま一度店内の事務所へ戻った。


大和がいったん事務所に戻った理由は、時間の調達だった。

本当なら店の自転車も借りたいところだが、生憎の雨だ。

ならば徒歩でと思っても、店から歌舞伎町の入り口――よく聞けばさくら通りの入り口あたりだというその場までだと、大人の足でも十五分はかかる。

地下鉄を利用しても、結局は最寄り駅までの徒歩を入れると十一、二分と大差がないことから、大和は〝それなら行きだけはタクシーで〟という選択をした。

イヤーカフスが見つかりさえすれば、帰りはなんでも構わない。

しかし、行きだけは一分でも早く着きたいと思ったからだ。

「――え!?　ちょっと店を抜けたいから、昼休憩と夜休憩を一緒にくれだ？」

「はい。場合によっては、もう少しかかるかもしれません。でも、夕方前までには必ず戻りますし、最後までレジも入りますから」

「いや、何言ってるんだよお前。鮮魚だってあるのに。無茶言うなよ」

だが、こんなときに限って、足止めを食らう。

自分が職場に対して、急な頼みごとをしているのは承知の上だった。

そこはわかっていたので、代案を出した上で許可を願ったのだが、海堂からは一蹴された。

それも考える素振りもなく――だ。

「でしたら。いきなり欠勤や早退をしたり、休みの人間を急に呼び出したりするのは、無茶って言わないいんですか」

連日のこともあり、さすがに大和も切り返した。

何も、早退させろと言っているわけではない。これから入る休憩時間に、残業を受ける代わりに得られる夜の休憩時間を合わせて、今欲しいと言っただけだ。

それだって、この時間なら比較的店が空いていることまで踏まえてだ。

鮮魚の応援にしても、どうしても今すぐでなければ困るものでもない。

大和は、自然と丸めた前かけを持つ手に力が入る。

「それは、しょうがないだろう」

「なら、僕にもその言葉を使ってください。どうしても行かなきゃならないところができたんです。友人を助けるための急用なんです」

「そんなの断れよ。お前、仕事中だぞ。ってか、その友人も常識がないのかよ」

「友人を悪く言わないでください！　それなら海堂さんの奥さんだって、いきなり帰ってきてほしいと、電話してきたことがあったじゃないですか」

だが、一向に許可が下りないどころか、頼ってきた孤塚のことまで悪く言われて、とう大和は声を荒らげた。

こんなことまで言うつもりはなかったが、どうして自分だけに二つ返事で許可が下りないのかと、腹が立った。

もっと無茶苦茶な前例が山ほどあるのに、それをすべて穴埋めしてきた自分にだけ――と思うと、これには納得ができなかったからだ。

「俺のときは子供が……」

「行っていいよ、大和」

と、そのときだった。事務所の出入り口から声がした。

「――⁉」

「店長！」

遅番で出勤してきた白兼が、タイムカードを押す。

これには大和も海堂も慌てた。

「休憩時間をどう使ったところで、本人の自由だ。仮に時間が足りなくて、戻ってこれなくても、今日は俺がカバーする。だから、その困ってるんだろうお友達のために、早く行ってあげて」

「店長‼」

「……でも」

店長であると同時に、専務でもある白兼からの許可が出た。

本来ならば、すぐにでも「ありがとうございます」と言って、この場を出たい。

しかし、大和は声を荒らげた海堂のことも気になったが、笑顔で「いいよ」と言ってくれた白兼の真意がよくわからず、逆に不安になってしまった。

言葉のまま受け取れればよかったのだが、我が儘を自覚していただけに、白兼の笑顔に呆れを疑ってしまったのだ。

――まさか大和までそんなことを言い出すなんて、残念だよ。

そう、勘ぐってしまって。

「聞こえたよな、海堂。大和のカバーは俺がする。万が一足りなければ、他店舗から応援を呼ぶから安心しろ」

「――っ！」

だが、これは違った。完全に大和の疑心暗鬼だった。

いつになく、白兼が語尾を強めて名指ししたのは、大和ではなく海堂だ。

それも、他店舗の存在まで引き合いに出して話すのは、初めてかもしれない。

「そうでなくても、日頃から大和には無理を聞いてもらっている。しかも、こんなこと言い出すなんて初めてだ。二つ返事で行かせてやるのも、俺たちの――。いや、いずれはこの店を引っぱっていくお前の仕事だろう」

それでも白兼が放つ言葉は説教だ。

決して悪感情をぶつけるだけの叱咤ではない。

「……すみませんでした。ごめん、大和。行ってくれ」

すると、海堂が打ちひしがれたような声で、許可をくれた。

上は上で、そこにいる者にしかわからない事情があるのだろう。

海堂は海堂で、大和にはわからないプレッシャーなり、ストレスもあるのだろう。が、

それでも大和は今日までできる限りのことはしてきた。

逆を言えば、だからこそ海堂も「お前までそんなことを言い出すのか？」と思った可能

性も、なくはない。

しかし、今日ばかりは、すんなり許可を出してほしかった。

ただ、今はそれを考えてもいられない。

「ありがとうございます。でも、本当に、用がすんだ時点で戻りますので。今だけは、ごめんなさい。では、行ってきます！」

大和は丸めた前かけを抱きながら一礼すると、いったんロッカールームへ移動した。

孤塚を入れて運ぶには丁度いいので、このまま前かけを借りて、上着で前かけが隠れる位置、腹部あたりにつけ直してから、財布やスマートフォンの入ったスーツの上着を羽織る。

「なんか、悪かったな……。俺のために」

すると、孤塚がポケットから頭の半分だけを出して、スーツの胸元から大和の顔を見上げた。

「気にしないでください。僕は頼ってもらえて嬉しいです。孤塚さんが、僕に〝記憶があるに違いない〟って信じて、ここまで来てくれたことが、何より——」

「大和」

すでに癖になってしまったのか、大和が孤塚の後頭部を撫でるが、ここは黙っていた。

孤塚なりの感謝を示しているのだろうか？

大和の撫で方が気持ちよくなってきたのもあるだろうが——。

「さ、行きましょう。誰かに拾われでもしたら、それこそ探しようがないので」

そうして大和は、置き傘を手にして、ロッカーを閉めた。

「カァ——」

裏口から店を出たと同時に、頭上で鴉が鳴いた。

「おっ、烏丸も来てくれたのか」

「え!? 烏丸さん」

「カァ」

まるで大和たちを先導するように、大きく羽ばたく。

大和はそれを見上げながら、傘を開いた。

(そうか。あの鴉が、烏丸さんの本体なんだ……。すごい。なんだか、カッコイイや)

あとを追うように走りながら、通りでタクシーを捉《つか》まえた。

「近くですみませんが、急いでいるので。お願いします」

そうして歌舞伎町のさくら通り入り口付近へ向かった。


タクシーを降りると、大和は孤塚が殴られたという場所へまずは立った。

本当に歌舞伎町の入り口で揉めたようで、ゲートの真下だ。

だが、殴られた弾みで、ゲート横のコンビニエンスストアのほうへ飛ばされたらしいので、まずはそのあたりから探すことにした。

一度は強くなった雨だが、移動中に少し和らいだのが幸いだ。

「窮屈だとは思いますけど、やっぱりこのまま探しますね。今の孤塚さんは可愛すぎて、人目を引いてしまうので――」

大和は傘を差しつつ、まずは足下の路上に目をこらす。

側には烏丸も下りてきて、より近い目線で探してくれている。

傍から見れば、餌を探しているようにしか思えない。こういうときに、普段から見慣れた鴉などの鳥類は、得だなと感じる。

怪我で倒れてでもいない限り、人間に捕獲されることがない。

「だから〝可愛い〟だけ余分なんだよ」

「クッ」

「笑うな烏丸！」

孤塚が本当に豆柴ならば、リードをつけて、一緒に探せそうな気がした。

しかし、いったん子狐だと認識したら、そこから先はもう希少で愛くるしいつぶらな瞳の子狐にしか見えないし、実際そうだ。

ここで表に出したら、かえって通行人の注目を集めてしまうだろうと確信し、腹部に隠したままにすることにした。

とうの孤塚は、烏丸にまで笑われているので、これ以上はもう追い詰めないが――。

「おしゃべりも厳禁です。知れたらペットどころか、研究所送りで、最後は剥製《はくせい》にされますよ」

ただ、自分も探すのに集中したかったためか、脅迫めいた言葉で釘は刺した。

「――」

孤塚はすごすごと前かけのポケット内へ、半分出していた頭を引っ込めた。

中でふて寝を決め込む。

こうなれば、果報は寝て待てだ。

（金のイヤーカフス。まず、小さいよな。目に留まる可能性が少ないけど、逆に見つけたら拾われそう）

それから大和は、路上からコンビニの建物寄りを、くまなく見て歩いた。

太めの指輪ほどもないサイズの品だけに、いざ探し始めると、大変さが身に染みる。

それでも道端などは、綺麗に掃除がされており、探しやすかった。

烏丸も念入りに見てくれているので、とても心強い。

（まさか、車道には飛んでないよな？）

とはいえ、ゲートから車道までの距離はあるものの、万が一そこまで飛んでいたら、横断歩道もある場所だ。車と人が途切れることのない繁華街の前だけに、無自覚のまま蹴られる、踏まれるまで考えると、気が遠くなりそうだ。

しかも、よく見るまでもなく、コンビニの前には地下鉄への出入り口もある。なんらかの弾みで、そこへ転がり落ちていたらと思うと、大和は溜息も出ない。

（しかも、この雨か。また酷くなったら、排水溝——なんてこともある。見つからなかったら、僕が代わりに警察に届けてとか……できるのかな？　それとも晴れるのを待って、孤塚さん自身で？）

今の季節と天気を考えると、排水溝に流されてしまうケースが、最悪な気がした。

悪い想定をしたら切りがないが、今にも眉間に皺が寄りそうな大和の腹部からは、ほんのりした温もりに加えて、いびきが聞こえ始めている。

こんなときだというのに、眠ってしまった孤塚の性格が羨ましい。が、ちょっと頼もしく、また微笑ましくも感じた。

（孤塚さんの住民票——どうなってるんだろう。警察は無理？）

そうしている間にも一時間が経つ。

途中、通りすがりの何人かが「探し物？」「手伝いましょうか？」と声をかけてくれたところは、世の中まだまだ捨てたものではないと思えた。

烏丸と一緒に探していた手前、「大丈夫です。ありがとうございます。お気持ちだけはいただきますね」と言って断ったが、その度に見ず知らずの他人が大和を笑顔にしてくれたことだけは確かだ。

「カァ」

――と、コンビニ側とは反対側のビル、牛丼屋の壁の側から烏丸の鳴く声がした。

（あっ、何か光った）

見れば排水溝の手前にある側溝の一部が欠け割れていた。

その中に、キラリと光るものが見える。

「あった！　それっぽいのがありましたよ。孤塚さん」

烏丸は場所だけ教えたあとは、スッとそこから離れて、自動販売機の上へと舞った。

大和は拾い上げたイヤーカフスを、ポケットに入れていたハンカチで拭き取ってから、起きて顔を覗かせてきた孤塚に渡す。

「これこれ、サンキュウ！　悪いがこのまま人気《ひとけ》のないところへ頼む」

「わかりました」

ここまで来たら、最後まで見届けたい。

大和はそんな思いから、この場を移動し、ビルとビルの間へ入った。

傘を畳んで、通りと通りの真ん中くらいまで入れば、まず人の目には届かない。

烏丸も空からついてくると、あえて通路の入り口付近の街灯に止まり、様子を見張っていてくれる。

「ここでいいですか？」

「ああ。そしたらこれを左耳にはめて、下ろしてくれ」

そうしてスーツの前を開くと、前かけのポケットから顔を出した孤塚の左耳にカフスをはめた。

そして、ポケットから抱き出して、その場へ下ろす。

すると〝ポン！〟と言わんばかりに、目の前にスーツ姿の孤塚が現れた。

昨日初めて会ったときと、まったく同じ姿だ。

「ひっ！」

「ふ～っ。助かった。マジで、ありがとうな。あ、烏丸も！」

「カァ――――」

〝狐につままれたような気持ち〟どころか、大和は目の前で狐に化けられた。

しかし、見るからに安堵している孤塚を目にしたら、大和も自然と溜息が漏れる。

「戻れてよかったですね」

「本当だよ。晴れるのを待ってたら、欠勤続きになりかねねぇし」

（慌ててた理由って、それなんだ！）

しかも、孤塚は思いのほか仕事熱心だ。

太陽や月が現れるのを待っていたら、子狐のままだという不便さはあったのかもしれないが、それでも第一声が仕事の心配だったことが、大和の心象をよりよくした。

だが、こうして安堵すると、改めて聞きたい。

どうしても気になることがある。

「――ところで、孤塚さん。これって、洋服はどうなってるんですか？　どうしてポンと戻ったら、着てるんですか？　普通は、服がないってパターンになりませんか？」

それは、衣類のことだった。

「ああ、これは毛だ。他は知らねぇが、俺様は自前の毛を服に見えるようにして、変身できる。超・能力高いからよ～」

「――なら、もしかして服を着て見えるけど、本当は裸なんですか？　どうやってお風呂に入ってるんですか？　服を脱いだら、毛皮も脱げるんですか？　あ、もしかして。こういうことも関係して、ホストなのに店内営業のみってことなんですか？」

ただ、聞けば聞いたで、更なる知りたい気持ちが止まらない。

このあたりは、ハンバーグ定食をお子様ランチに変えさせた未来のノリと変わらない。

「なんだよ、いきなり。毛は脱げないし、風呂に入るときは獣人姿か獣姿に戻って入ってるんだよ」

「うわ～。ということは、省エネモードだと、お風呂も洗い桶《おけ》ですみそうですね。水道代や光熱費まで節約できて、可愛いなんて！」

ましてや、孤塚の変身事情を聞けば聞くほど、大和の彼への印象が変わっていく。

目の前には、派手なヤンキーがそのまま夜の世界に就職しました――みたいな孤塚がいるのに、大和の目には洗い桶にちゃぷんと浸かる子狐にしか見えないのだ。

思わず温かいシャワーをかけてあげたくなる。

「だから可愛い言うな！　お前、それもう嫌がらせだろう！」

しかも、こうなると出会ったときにビビったことが嘘のようだ。

大和は顔を真っ赤にして怒鳴ってきた孤塚の耳から、さっとカフスを外した。

一瞬にして〝ポン！〟と子狐に戻ってしまう。

「うわっ！　おまっ！　何してくれてんだよ。元へ戻せよ」

「なら、可愛いって言うくらい許してください。決して嫌がらせじゃないですし、本心なんですから」

全身で抵抗するも、大和はクスクス笑いながら、許可を求めた。

――それを世間では、紛れもない嫌がらせって言うんですよ。と、終始様子を見ていた烏丸は思う。

だが、彼はここで口を挟むような男ではない。

むしろ黙って様子を窺い続けている。

「お前、けっこう性格悪ぃな」

「これ、もらって帰っていいですか?」

孤塚と大和でカフスを巡った攻防が続く。

しかし、省エネサイズで手足も短い子狐にできることなど、たかがしれている。

抱っこをされて、再び大事そうに前かけのポケットに入れられて、いっそう愛でられるのがオチだ。

「わかった!　特別に許可してやるから。だから、俺のカフスを戻せ。二度といきなり外すな!」

「はい」

ここは大和の圧勝だった。

満面の笑みでカフスを耳へ戻す。

孤塚は人間に化けたところで、ガッチリ左耳を手で押さえてガードしている。

「――と、僕。そろそろ店に戻らないと。孤塚さんはこれから出勤準備ですか?」

それでも大和は、仕事のことは忘れていなかった。

むしろ、(今ならまだ、休み時間内に戻れる)と、内心握りこぶしを作っていたくらいだ。

「あ、ああ。そうだな。ありがとう。本当に、助かった」

「どういたしまして」

ただ、それではここで——と、別れようとしたときだった。

「——あ！　どんなに遅くなってもいいから、仕事が終わったら、今日のうちに飯の友へ来いよ！」

「え？」

思いがけない誘いに、大和は本気で驚いた。

「そうでないと、あいつらも気になって眠れねぇから。烏丸！　今夜行くと伝えとけ」

「承知しました」

今夜は仕事で遅くなるだけに、飯の友へ行けるのは、早くても明日だろうと思っていた。

それも早朝出勤前に、試しに旧・新宿門衛所の門を潜ってみるくらいが最速だろうと。

（今夜のうちに——）

孤塚の言葉もさることながら、一足先に飛び去った烏丸の力強い言葉に大和の胸が熱くなった。

「……はい！　ってか、え⁉　烏丸さん、その姿でしゃべれるの⁉」

ただ、ここでも新たな事実を見せつけられて、大和はしばらくその場で困惑してしまった。

＊＊＊

大和は地下鉄と徒歩で店へ戻ると、その後はやるべき仕事を黙々とこなした。

「海堂さん。お疲れ様でした」

そうして仕事が終わると、いつも以上に明るくはっきりとした口調で、事務所にいた海堂に声をかけた。

そして、タイムカードを押す。

「――お、おう。遅くまでありがとうな」

「いいえ。僕のほうこそ、今日は本当にありがとうございました。助かりました」

「いや、ああ。こっちこそ。その調子で、明日も頼むな」

「はい！」

笑顔での声かけがよかったのか、海堂も何か胸のつかえが取れたような顔で、大和を見送ってくれた。

いつものように裏口から店を出ると、すでに雨は上がっている。

月こそ出ていないが、大和は街灯を頼りにいったんコンビニへ立ち寄り、買い物をすませると旧・新宿門衛所を目指す。

(明日も頼むな――か。でも、これでまた、僕にばかり穴埋めが回ってきたら、笑っちゃうかもな)

あれから白兼と何か話したのか否か、大和にはわからない。

だが、戻ってきたときに、腫れ物に触るような対応をされたような気はした。

これまでイエスマンだった大和に食ってかかられ、その上白兼にまで注意を受けたことが、かなり堪えていたのだろう。

しかし、大和自身は、孤塚の手助けができたことで、充分気持ちは落ち着いていた。

また、結局鮮魚の応援には、海堂が自ら行ってくれたとも聞き、かえって恐縮してしまったくらいだ。

(けど、それならそれで。せめて三回に一回くらいは、他の人にお願いしますよって言えそうな気がする。怒るとかじゃなくて、それこそ笑顔でお願いしますよ――って)

それでも、この気持ちの変化は、今の大和にとっては大きい。

今後も笑顔で働き続けるために、不可欠なものだったように思う。

(さて、いよいよだ)

そんなことを考える間にも、大和は店の前にある新宿御苑の旧・新宿門衛所の前へやってきた。

すでに夜の十時を過ぎている。

当たり前だが、閉園後なのでゲートは閉まっている。

同じ閉園後であっても、昨夜がどうだったのかは、正直言ってよく見ていないままついていったので、覚えていない。

ただ、正面の大きな門ではなく、その脇にある通用口のようなフェンス扉から入った。先を走る未来を追いかけた気がした。

なので、まずはその扉の前に立ってみる。

(本当に、未来くんたちのところへ辿り着くのかな？　これで普通に、御苑の中に入って迷子になったら、君は何してるのって感じ？　それ以前に、不法侵入？)

年季が入った鉄製ハンドルに、恐る恐る手をかける。

孤塚に「大丈夫」と太鼓判こそ押されたが、記憶や意識とは厄介なもので、あったらあったで様々な感情を湧き起こらせる。

中でも期待と不安は、常に表裏だ。

(いや。こういう迷いや疑心は鍵をなくす、使えなくする元かもしれない、孤塚さんもああ言っていたんだから、僕は絶対に行けるはず)

大和は、ハンドルを握る手に力を入れて、フェンス扉を押してみた。

(狭間世界、飯の友へ！)

スッと開いたところで、一歩足を踏み入れると、そこはすでに森の中だった。

（え）

今の今まで目にしていたはずの旧・新宿門衛所どころが、ゲート前のちょっとした広場さえ消えている。

「大ちゃん！　大ちゃんが来た‼」

しかも、森の奥からは、可愛い声と同時に耳と尻尾を出した未来が、走ってくる。

「あうあう」

「くぉ〜ん」

また、永と劫まで、コロッとした身体を左右に振って、よたよた、ポテポテとではあるが、大和の側まで小走りしてきた。

「未来くん！　わ！　永ちゃんも劫くんも待っててくれたの――、ありがとう！」

大和はその場に屈んで膝をつくと、コンビニで買ったお土産を脇へ置いて、まずは両手を開いて、飛びつく未来を抱き止めた。

その後は双子の豆柴っ子たちだ。掻き集めるようにして、膝の上へと抱き寄せる。

改めて触ってみると、二匹とも頭からお尻までもっふもふだった。

特にぽってりとしたお尻の毛はやわらかく、ふかふかしていて、なんとも言えない手触りだ。飽きることなく撫で回せる。

「いらっしゃいませ。お待ちしてましたよ」

そんな様子を目にして、孤塚からの伝言を預かった烏丸も、安堵したようだ。

「烏丸さん」

「来たな」

そして、最後に狼が現れる。

相変わらず淡々とした口調に声色だが、その口元には微笑をたたえている。

「――狼さん」

「今夜はちゃんと飯は食えたのか？」

最初の質問がこれなのかと思うも、大和はなんだが彼らしい気がした。

昨夜の説明や告白など、まるでなかったような態度も、俺はこうなることがわかっていた、当然だと言わんばかりの態度も、すべてが淡々としていて一貫性を持っているからだ。

「それが、緊張しすぎて……」

大和は正直に答えた。

実際、昼夜休憩を一緒に取ったのとは別に、海堂のほうから七時過ぎには三十分の休憩をもらっていた。摂ろうと思えば、食事を摂れる時間だ。

しかし、今夜飯の友に行こうと決めていた大和には、食欲自体が起こらなかった。

それこそコーヒーどころか麦茶を飲んで、溜息を漏らして終わってしまったほどだ。

それなのに――。

「あ」

緊張が解けた途端に、大和のお腹がぐぅっと鳴った。

「大変！　大ちゃんのお腹、ぐぅって鳴ったよ！　今、ぐぅって」

ここぞとばかりに未来に言われて、思わず自分でも笑ってしまう。

「……うん。鳴っちゃった。安心したら、お腹が空いたみたいだ」

「え～。聞いた、狼ちゃん！」

「あんあ～ん」

「きゅぉ～ん」

すると、未来と双子が示し合わせたように狼に訴える。

未来だけでなく、双子まで一緒になっていたところで、大和は更に笑ってしまう。

「簡単なものでいいなら、出してやれる」

「ありがとうございます。お願いします」

今にも噴き出しそうな顔で答えた狼に、大和は気持ちよくお願いをした。

そしてその場からみんなで森の奥へ、店内から明かりが漏れる飯の友へ移動する。

「――というか、僕。昨夜のお金を払っていないので、それも合わせて、今夜払わないと」

しかし、大和は席に着くなり、これだけは忘れてはならないことを口にした。

それは、昨夜の特製大人様ランチの代金だ。

どんなに思い浮かべても、これは支払った記憶がなかった。

財布の中身も変わっていない。

となれば、間違いなく踏み倒したとわかったからだ。

「ああ。昨夜のはまかないだし、未来が世話になった礼だから」

「それは駄目です！」

さらっと狼に言われるも、大和はこればかりは甘えられない——と、声を大にする。

なぜなら、仕入れや売り上げがどうなっているのかはわからないが、飯の友はちゃんとした飲食店だ。狼が営んでいるのだろう、仕事であり商売。それこそ未来たちを育てていくのにも、必要だろう大切な稼ぎのはずだ。

しかも、多少なりとも人間界で買い物をするなら、円は絶対不可欠なはず。

狭間から見たら異世界の外貨なのだから、この店で手に入れなければ、カードクッキーもニャンディも買いに行けないじゃないか——と。

「駄目と言われても——。ついでに今夜の分は、孤塚の奢りだ。日中、世話になった礼らしいから、遠慮なく食べてくれ」

だが、そんなことはお構いなしに、狼は先付け——というよりは、前菜盛りを出してきた。

見るからに高そうな、和食のコースに出てきそうな、最初の盛り合わせだ。

ぷりっとした海老の湯葉巻きに黒ごま豆腐。生雲丹《なまうに》と胡瓜の和え物や煮凝り、そしてごぼうと人参の牛肉巻きといった肴《さかな》にもなりそうな品々だ。

これといって食通でもない、至って普通の食生活に冠婚葬祭とマナー教室程度のディナー経験しかない大和にも、一目で手のかかったご馳走だとわかる。

そもそも木の葉形をしている銀色の皿自体にも、目や心が惹かれた。

「えっ。これ、全然簡単なものじゃないと思うんですけど」

「大和さんなら、きっと今夜も来るだろうから――って。店主が歓迎用のご馳走を作って待っていたんです。ただ、時間が時間ですし、食事をすませてきていたら、折り詰めにして渡せばいいかって話をしていたんですが……」

そう言った烏丸は烏丸で、今夜は少し温かめのおしぼりに、常温の麦茶を出してくれる。

雨は止んでいるが、少し冷える夜だ。

大和は、更に手元に置かれた箸を見ながら、

「烏丸さん。狼さん。すみません。こんなにしていただいて……」

二人に改めて会釈をした。

ここにはいないが、今頃仕事に励んでいるだろう孤塚にも、今度会ったら改めて御礼を言わなければ――と思う。

「ついでに俺からは、祝杯用に」

しかも、カウンターの中からは、食前酒らしきものまで出された。

自家製の梅酒だろうか？

コロンとした大きな実が入っている、飴色が美しい、また香り高いオンザロックだ。

「あ、飲めるか？」

「少しだけですが、果実酒なら実家でも飲んでいました」

「なら、よかった」

豪華な前菜盛りに対して、素朴で家庭的な食前酒。

甘くて飲み口のいいそれは、まるで正月料理を家で味わうような気分にしてくれる。

それでも酒は酒だ。久しぶりに口に含むと、大和の頬がポッと赤らんだ。

この場にいられることへの高揚も手伝い、この分では、すぐにほろ酔いくらいはしてしまいそうだ。

「そうだ。これ、先に渡しておくね。未来くんたちへのお土産」

大和は、これも忘れないうちに――と、来る途中で寄ってきたコンビニの袋を未来に差し出した。

「わ！　ぷちんってするプリン！　ドラゴンソードのクッキーにニャンディもある！　えっちゃんとごうちゃんの分まで！　ありがとう、大ちゃん」

中身はなんてことない、本当に子供向けの品々だが、それを見た未来は万歳三唱でもしそうな喜び方だ。

「あんあん！」

「きゅお〜んっ」

自分たちの分もあるとわかるのか、永と劫も大喜びだ。

いつの間にか座敷のサークルに戻されているが、中でコロコロと転がりながら、全身で嬉しさを示している。

許されるなら、全員まとめて抱えて、持ち帰りたいくらいの可愛さだ。

「仕事が最後までだったから、コンビニくらいしか寄れなくて。でも、今度はもっと早い時間に来るから」

大和は出してもらった前菜盛りをいただきながら、さっそく梅酒に背を押されてか、ここに来るまでに思い描いていた願望を語る。

「本当！　もしかして、お仕事のない日は、お昼でも来られるの？」

「来られるよ。僕の家、ここから近いし。仕事が休みの日なら、いつでも遊べるから」

「やった！」

未来は未来で、自分が発した願いがこれから叶うのだとわかり、いっそう上機嫌だ。

思わず耳がピンと立つ。

「おいおい、未来。我が儘を言うなよ。大和にはデートだってあるんだろうから」

すると、カウンター内から、狼が温かな椀物を出してきた。

囲炉裏で焼かれた香ばしい鯛とワラビの澄まし仕立てだ。

「ご心配ありがとうございます。でも、今のところはそういう予定もまったくないので」

「――すまなかった」

しかし、これは一言余計だったと気づいてか、狼が少し俯く。

耳までへの字になるのを見て、大和は余計に楽しくなった。

クスッと笑う。

(よかった。本当に、門を潜れてよかった!)

勢いからか、梅酒の入ったグラスを一気に呷《あお》る。

「さ、大和さん。温かいうちに召しあがってください」

「はい。ありがとうございます。では、改めて、いただきます!」

その後は出された物を出された順に食べていき、全身全霊で「美味しい」を堪能した。

最後は炊きたての土鍋ご飯になめこの赤出汁、胡瓜のお漬物で締めを迎えて、笑顔一杯で「ご馳走様」をした。

すると、狼が微笑み、烏丸が微笑んだ。

また、未来が微笑み、永と劫も嬉しそうに尻尾を振った。

6

ひょんなことから狭間世界——飯の友へ行き始めた大和の日常は、以来ガラリと変わった。

そうは言っても、休日や早番の定時から八時、九時までに上がれたときには、飯の友へ寄って未来たちと他愛もない話をしながら食事をする。

そのために、これまで頼まれたらまず断ることのなかった残業を三回に一回は断るようになっただけのことだが、大和にとっては激変だ。

頼まれたことを断ってまでする〝何か〟がなかった。

それができたことそのものが、大きな意識改革でもあったからだ。

「こんばんは」

「あ！　大ちゃん。いらっしゃいませ～っ」

「あう～」

「ばぶぅ」

そうして六月も下旬に入った今夜も、大和は飯の友を訪れた。

回数だけで言うなら、ここを知ってから三週間近い中で六回目だ。

これが多いのか少ないのかはわからなかったが、大和自身は空き時間ができれば、ここへ足を運んでいる。

「ありがとう。また来ちゃった」

店へ入るなり、駆け寄ってきた未来を抱きしめ、その後は永と劫を撫でまくって一人一人抱っこしてからサークルへ戻して席へ着く。

すでにこれが決まり事になり始めている。

（今夜の永ちゃんと劫くんは化ける練習かな？　それともまた狼さんに言われて化けたら戻れなくなっちゃったのかな？　どっちも可愛いし、こうなると二度美味しいや）

店には他の客がいるときもあれば、大和だけというときもある。

今のところは半々だ。今日は大和以外は、誰もいない。

また、最初に会った狸たちや孤塚のように、ここには化ける種族の客も来れば、大和のような人間も来るらしい。

大和はまだ、ここで他の人間とは会ったことがない。

だが、そこはタイミングの問題だろうと、狼は言っていた。

いずれ巡ってくる出会いであり、縁の導きなのだろう――と。

なので大和は、その言葉のままに受け止める。

これはこれで、今後の楽しみが増えたな——と、素直に思えたからだ。

「それで今夜はどうする？　何か食べたいものはあるか？」

「お任せ定食でお願いします」

「わかった。大和は本当に苦手な食材はないのか？」

「はい。アレルギーもないので」

「そうか」

烏丸におしぼりを渡されながら、狼にオーダーするのにも慣れてきた。

聞けば、この店は基本狼や烏丸たちの自給自足でまかなっているらしい。

人間界からは、必要最低限の仕入れだけで店を回しているとのことで、価格はお任せ定食なら五百円均一。それ以外にちょっとしたものを頼んで、お酒がついたとしても、千円あればおつりがくるような、とてもリーズナブルな設定だ。

ようは、儲けるためにしている店ではなく、孤塚のように人間界で働く種族たちの憩いの場。また、情報交換の場としてやっているだけだから——とのことだが、大和にとっては、何から何までありがたい。

それでも、これまでしていなかった外食費が増えた分、また今後は更に通うだろうことを想定し、その予算の捻出は真摯に考えなければならない。

だが、こうした思考が、大和の不規則に増える残業への受け止め方を変えさせた。

きっちりタイムカードを押させてくれるし、サービス残業というわけでもないので、（これでまた飯の友へ行く分が捻出できた。次はもっと贅沢しちゃおうかな）と思えば、日増しに覚えていた嫌悪感は激減した。

漏れる溜息の重さまで変わった自覚があり、大和にとってはいいこと尽くめだ。

深森がよく口にしていた「私は趣味（推し）のために働いているの！」という言葉の意味も、今なら理屈抜きで共感ができる。

「お待たせ」

「わぁ。今日は肉じゃが定食なんですね。お芋がホクホクで、お肉もたくさん入っていて、美味しそう。ナスの漬物も艶々だし、具だくさんなお味噌汁もいい香り。しかも、鶏とごぼうの炊き込みご飯なんて、自分では作らないから嬉しいな」

「鶏は炭で炙ってあるから、またひと味違うぞ」

「本当ですね。ほのかに炭の香り――。いただきます！」

「どーぞ。召しあがれ」

「ありがとう。未来くん」

いつも隣に座ってくれる未来の笑顔は可愛く、店主との会話も少しずつだが増えてきた。

「そういえば、先日生まれた二丁目の野良《のら》さんの仔猫たち。ご近所の方が、親子共々見つけて拾ったあと、無事に里親が見つかったようです。先日ゴミ出しのときに、そう話してました」

「そうなんですか」

「はい。なんでも、生後三ヶ月までは母猫と一緒。その後、仔猫はすべて譲渡されるようですが、母猫自体はその家で飼われるとのことです」

「よかった」

また、こうした雑談相手を烏丸がしてくれるのだが、何分こちらとあちらを常に行き来している鴉が本体だ。

ここでは一番の情報通とあり、大和は決してニュースにはならないだろう路地裏の野良猫の様子から、実は様々なところで暮らす野生動物の話までを豊富に聞くことができた。

これらすべてが新鮮で、大和には何もかもが美味しい状況だ。

しかも、今夜はちょっと珍しいことまで起こった。

「それにしても、どうしてだろう？　この肉じゃが、すごく懐かしいなって感じがする」

「これのせいじゃないか？」

「めんつゆ？　ですか。あ……。そう言われたら、そのメーカーさんの、実家にありました。同じものです」

大和の何気ない一言から、狼がいつもより話し始めたのだ。

それも、なぜか手持ちのめんつゆを見せたかったのか、カウンターの上へ何本も並べながら――。

「それはご実家と好みが合って嬉しい限りだ。ごくたまに、これは邪道だという者もいるが、俺からすれば、時間に限りのある人間界だからこそ、この企業努力は素晴らしいと思う。俺も用途によってメーカーや種類を使い分けているが、めんつゆだの白出汁だのご当地味だのと、本当に便利でしかも味に絶対の安定感がある。仕上げにパッパする〝旨味三昧《うまみざんまい》〟とか、合わせ調味料を作った人間は、本当に天才じゃないかと思う」

(一、二、三、四……、十一、十二……まだ出てくるんだ。でも、ご当地って言ったら、全国レベルで持ってるってことかな? だとしたら、厨房の奥にもすごい数があるのかな?)

大和はただじっと、出てくるそれらを見ながら、狼の話を聞いている。

「なんせ、俺たちは基本が自給自足だ。畑を耕し、ときには狩りもする。その上、海へ昆《こん》布《ぶ》や鰹《かつお》までとりに行っていたら、大変なことになる。仮に魚釣りに行ったら釣れましたという日があったとしても、鰹節までは作れない。そもそも元が〝食えれば文句ない獣舌〟だし――。こうして料理の真似事はしているが、人間の奥深い味覚を満足させられるものなんぞ作れる自信もないから、こいつらは飯の友にはなくてはならない調味料たちだ」

それにしたって、よもや魅惑のボイスで、これまでに聞いたこともない「めんつゆ愛」

やら「合わせ調味料愛」やらを語られるとは思わなかった。

しかも、よほど気に入り、推奨しているのか、耳がピクピク、尻尾まで楽しそうに揺れている。

狼も、大和には早々事実を知られたためか、全身変化で妖力を駆使することがない分、気が楽なのだろうが――。

大和にとっては、何もかもがチャーミングで、目が釘づけだ。

こういうのをギャップ萌えというのかもしれない。

（わ……、狼さんが自ら獣舌を語ってる。でも、料理の真似事だって言うけど、ごく普通の一般家庭には、こんなにたくさんの合わせ調味料はないよ？　使い分けてるってことは、すでにそうとう拘ってるんだろうし。というか、今の言葉。今度、メーカーの営業さんが来たら伝えよう。旨味三昧を抱きしめながら天才って言ってましたよって教えたら、絶対に喜ぶ。店では化学調味料は置いてないけど、有機無添加の調味料は入れてるし）

「大ちゃん、大ちゃん。いい？　聞いて。未来たち、お願いがあるの」

――と、狼が一通り話し終えたところで、未来が待ってましたとばかりに声をかけてきた。

「ん？　どうしたの？」

「あのね」

ちゃんと順番が待てるなんて、人の話に割って入らないなんて、なんて偉いんだろうと感心していると、未来が照れくさそうにおねだりをしてくる。

「——え？　天気が悪い日の人間界へ出てみたい？」

何かと思えば、少し変わったお願いだった。

「うん。未来ね。向こうでは、お日様やお月様が出ているときでないと、うまく化けられないの。元の姿なら出歩けるんだけど——。でも、お天気が悪いと、狼ちゃんも外ではお耳ピョンだし、こんちゃんも妖力は強いけど、やっぱりお仕事だけで大変そうだから」

「そうなの……か。でも、元の姿ってことは、未来くんの場合は……？」

言わんとすることは、すぐにわかった。

天気がよければ、初めて会った日のように、子供に化けて人間界へ遊びに行ける。しかし、天気が悪いと、妖力の高い狼でも完璧に化けることが難しいので、代わりに大和に引率してほしい。

未来たちは元の姿でいいので、梅雨の時期の人間界に出てみたいということだ。

とはいえ、問題は未来の本体だ。

「オオカミだよ！　けど、今はまだえっちゃんたちより、少し大きいくらいかな？　狼ちゃんは立派なオオカミになっちゃうけど、でも未来はまだ犬っぽいって言われる」

「——ようは、豆柴の赤ちゃんが仔犬になるくらいってことかな」

「そう！　こんな感じ」

未来は大和に確認させるためか、これまで一度も見せたことのなかった本体へ姿を戻した。

それこそ孤塚がポン！　と戻ったように、耳と尻尾つきの子供の姿から、豆柴の仔犬に見えるオオカミの子供に戻る。

「うわっ！　未来くん、可愛いっ。本当に豆柴の仔みたいだ。これならオオカミには見えない。というか、本当に可愛いっ！」

大和は歓喜すると同時に、仔犬化した未来を抱きしめた。

「きゃっはっははは。っ！　大ちゃん、くすぐったいよ〜っ」

未来が声を上げて笑う、その姿さえ愛らしい。

まさに眼福、至福だ。

（もう、ここが天国だと言われても、疑わないかも――）

その上、背後では、話を聞いてワクワクし始めた永と劫が、赤ちゃん姿のままゴロゴロし始める。

「あーあー」

「うーうー」

などと言いつつも、その散歩には自分たちも！　と、猛烈なアピールを大和にしてくる。

当然、大和もそのつもりだ。連れていくなら、三人一緒。

しかし、仔犬姿の未来を抱きしめていると、大和は孤塚のときのことを思い出す。

「でも……。この姿でも向こうに出るとなったら、未来くんたちの安全を守るためとはいえ、リードやハーネスがいるよ？　僕が一緒について歩くにしても、リュックに入れて背負うにしても、名札のついた首輪だけはしておかないといけないし。ノーリードになんてしていたら、いつ攫われるかわからないから……」

確かに、仔犬にしか見えない未来たちを連れて、狭間から人間界へ出ることは可能だ。

だが、そのためには犬の散歩に見せかける必要がある。

――友達に首輪やハーネス？

――ましてや、リード？

そう考えると、大和は先に抵抗を覚えた。

簡単に「いいよ」「行こう」とは出てこない。

「それは大丈夫！　おんぶ紐で慣れてるし。もっと小さい頃には、チョロチョロしすぎって言われて、紐で柱に繋がれてたこともあるから！」

「え⁉」

「虐待じゃないからな！　子供の姿で考えるなよ。仔犬が勝手にどっか行かないようにケージに入れたり、紐で繋いでおくのは、普通のことだろう。というか、人間の子供だって、ハーネスはつけるだろう。安全のために」

「――あ。はい。確かに」

ただ、これに関しては、大和の考えすぎだった。

思わず反射的に狼を睨んでしまったが、全力で否定された。

そもそも彼らは狼だ。人間が獣に化けているわけではないので、ここは当人たちのほうが心得ている。

何より、人間の子供だって安全のために――と言われれば、それはそうだ。

天使の羽などがついた可愛いハーネスにリードをつけた幼児の姿なら、幾度となく見たことがある。

中には、リュックにリードがついているタイプもあった。

「あう〜っ」

「ぶーっ」

永と劫に至っては、身動きが制限される人間の赤ちゃんに化けているほうが、不服そうだ。

しかし、今から練習をしなければ、未来くらいになったときに子供に化けられないぞと言われて、頑張っている。が、気合いを入れて変身をすると、なかなか元に戻れないのは、今しばらく続くとのことだ。

それでも、元の姿から意に反して赤ん坊になることはないので、ゆっくりならば永と劫も散歩に連れ出せそうだ。

「それじゃあ、仮にこの姿でお散歩するとして、ハーネスとかリードはあるの？」

大和が未来に確認をする。

「からちゃん！　持ってきて」

「はい。こちらです」

すると、烏丸が店の奥から年季の入った首輪とリードを持ってきた。

パッと見ても、一年や二年前のものではない。

もしかしたら、狼の幼少の頃のだろうか？　と思うくらい、品物自体が古くて何やら不安だ。

「これですか。けっこう前のですよね？」

「駄目でしょうか？」

「うーん。駄目ではないけど、ちょっと怖いかな……。あ、僕が今の未来くんたちのサイズで、新しいのを用意してもいいかな？」

「え？　大ちゃんが！」

大和は、大切にしまわれていたようだし、思い出の品かな？　とは考えた。

だが、万が一にも、出先で切れたり壊れたりしたら怖かった。

過去に、リードや首輪が切れて大暴走をしていた犬を見たことがあり、それだけならまだしも、車道へ飛び出して、危うく轢かれるところだったのだ。

これは幼児にも言える。

あれらを思い出したら、どんなに未来たちが聞き分けのいい子でも、しっかり手を繋ぐ代わりの方法は欲しい。

何にビックリして走り出すかわからないのは、それこそ子供も犬も変わらないからだ。

「いや、それは普通に買い物になるだろう。そしたら、費用を預けるから……」

「いいえ！　僕が買いたいんです」

しかも、新たに買うことに保護者の反対がないなら、心配は一変して言い訳の域へ飛ぶ。

狼が最後まで話をする前に、大和の目がキランキランだ。

「もちろん！　ペットを飾り立てるような気持ちではありません。でも、せっかくなら今の未来くんにジャストフィットして、いっそう可愛く見えるものを自分で選べて買えたら、僕自身がすごく嬉しいので！」

「……っ」

すでに大和の脳内では、未来たち三人もとい、三匹のファッションショー状態だ。

ハーネスやリードの話をしていたはずだが、妄想ではお洋服まで着せている。

その勢いに押されたのか、狼も二の句が継げない。

「大和さん。初めて姪や甥ができた叔父さんというより、すでに初孫ができたお祖父ちゃんの域になってますが」

「そう思ってくれるほうがありがたいかもです」

烏丸が心配するも、大和の脳内妄想には拍車がかかるばかりだ。

本人は意識があるのかないのか、完全に口元が緩んで、くふくふしている。

「なら、それは大和に任せる代わりに、当分飯代はもらわないからな」

放っておいたら、どんな散財をするかわからない。

そうした危機感を覚えたのだろう、狼がこれはこれで釘を刺した。

「え、それは……」

「それもこれも一緒だ。これに関しては未来たちを好きにさせてやるんだから、俺にも好きにさせろ」

「……はい。承知しました」

一応、狼の言わんとすることは理解できたので、大和は交換条件を受け入れた。

未来たちに新しいグッズを買うのはいいとして、悪ノリ散財をすると、結果的には狼に手間を取らせる。

それこそグッズ分以上のご馳走を用意しかねないので、大和もここは今後の食事代を予算の目処にすることにした。

実際の価格は誤魔化すとしても、「では、お任せ定食を二、三回ご馳走になる程度の予算で」ということにしたのだ。

どう考えても、これでは首輪だけでも買えるかどうかわからないが――。

「ところで、未来くんの本体写真って撮っても大丈夫？　サイズとかもはかりたいんだけど」

「大丈夫だよ！　化けた姿は写らないっていうか、元の犬で写っちゃうけど」

「そうなんだ」

その後、大和はスマートフォンを取り出すと、仔犬化している未来たちの写真を撮りつつ、大まかなサイズをメモしていった。

「あれ？　そうしたら、孤塚さんはどうしてるんですか？　ホストクラブって、確か入り口に写真がバンッってありませんでしたっけ？」

「孤塚さんは我々と違って妖力が強いので大丈夫らしいです。化けている年季も違いますし。何より、昔から人間の中でも〝狐や狸は化ける種族〟として認識があるので、相乗効果があるようですが」

ふと、思い出したように疑問をぶつけるも、そこは烏丸が答えてくれる。

「そうなんですか。なんにしても、本体なら問題なく撮れるってことですね」

――今度会ったら、子狐姿を撮らしてもらおうと心に決めるも、今だけは未来と双子の撮影会だ。

「へへっ」

「あうん」

「きゅん」

丁度変化が解けたのか、永と劫が仔犬に戻ったのをいいことに、大和はスマートフォンの容量に限界が来るまで三匹を撮りまくった。

＊＊＊

新たな楽しみが増えた大和は、未来たちと約束して以来、暇さえあればスマートフォンを手に、仔犬用のグッズや未来たちの写真を見ていた。

購入自体は、直接見て、触れてから決めたかった。

なので、ネット上で見ていたのは色や種類で、装着のイメージを固めておくためだ。

近場にある何軒かのショップの位置や営業時間も確認をした。

ここまで入念なのは、シフトの都合で今月最後の休日は平日だが、それまでに買いに行けるのがその前日——今日の夕方しかなかったからだ。

（首輪代わりのチョーカー名札はお揃いにするとして。問題は、ハーネスとリードだよな。

どうしよう。みんなお揃いがいいのかな？　それとも別々の色？）

それでも本日は、早番の定時で上がれて、すでにタイムカードが押せた。

着替え終えたら、あとは店を出て、ショップへ一直線だ。

買い物帰りに、夕飯を食べに行ける時間まであり、大和は誰の目から見ても上機嫌だ。

「どうしたの？　大和――うわっ！　何、この子たち。いつ飼ったの？　可愛い！　どうりで、最近スマートフォンばっかり見てたわけだ」

すると、ロッカールームを出たところで、深森が声をかけて寄ってきた。

これから休憩だろうか？

丁度開いていた未来たちの画像が目に留まったようで、大和はガシッと腕を掴まれる。

もっとよく見せて――と、スマートフォンを覗き込まれたが、それ自体には触ってこないのが、深森らしいところだ。

「あ、違うんだよ。知り合いの子たちなんだ。明日、散歩に連れていくことになって。僕がハーネスとリードを買いに行くんだけど、何色にしようかなと思って。それで、いろいろ調べていて……」

「そうなんだ。飼い主さんが好きに選んでいいよって感じ？　それにしたって可愛い‼」

「まあ……。うん」

「へ～。すごいね。そこ、普通ならめちゃくちゃ飼い主が拘りたいところじゃない？　大和自身も可愛がられてるんだね。その飼い主さんに」

それでも、可愛いを連呼されれば、自然と大和の口も軽くなる。

しかも、客観的に見たら、そういう感想になるのか――と、ハッとする。

確かに言われてみれば、ハーネスやリードは子供や孫の初節句用品かランドセルレベルの買い物だろう。

自分でもたとえがおかしくなってきている自覚はあるが、そう遠く離れてもいないと思う。

「――可愛……。とは違うと思うけど。信頼はしてもらってるかな？　多分」

大和は自分で言っていて、少し照れくさかった。

しかし、未来たちのグッズを好きにしていい代わりに――と言ってくれたのは、保護者である狼だ。

烏丸もあのやりとりは見てクスクスしていたが、大和には「お好きにできて、よかったですね」と言ってくれた。

変な嫉妬をされた様子もないので、心から楽しむ大和を見て、喜んでくれたのだろう。

それを信頼にたとえていいのかはわからなかったが、出会ったときから狼は大和の鍵を信じてくれた。大事な未来や永と劫をいっときとはいえ、預けてくれるのだから、やはりこれは信頼だろう。

決して裏切ることだけはしたくない思いだ。

「それより、この子たちって雌なの？　雄なの？」

「上の子が男の子。下の子たちが女の子と男の子だよ」

「それは確かに、迷うね。お揃いコーデも可愛いし、色違いも可愛い」

「だろう。わかってくれる？」

「わかる〜っ。だって、毛色も顔つきも微妙に違うしね。お揃いでも見分けがつく分、これは悩むわ」

「そうなんだよ。でも、首輪はお揃いにしようと思って」

——孤塚のチョーカーに似ている品と。

などと思いながら、話が弾む。

「なら、リードとかは色違いでもいいかもね。でも、結局は現物を見て決めるのが一番じゃない？　それとも通販？」

「いや。もう上がったから、これから買いに……」

と、そんなときだった。

大和が手にしていたスマートフォンが震えた。

珍しく電話が入るが、表示されたのは藤ヶ崎の名前だ。

「もしもし」

〝あ、大和さんですか？　藤ヶ崎です〟

「藤ヶ崎くん？　どうしたの？」

最近は特に問題もなくシフトどおりに勤めていたが、ここにきて嫌な予感に駆られた。

〝すみません。急用で行けなくなったので、海堂さんに伝えてください〟

「いや、ちょっと待って。それなら直接海堂さんに電話してくれないと。あと、代わりは誰が来るの？　もう、他の子に頼んだの？」

――案の定だった。

大和は、側で深森が聞き耳を立てていたが、まずは藤ヶ崎自身に確認をした。

〝えー。それは頼みの綱である、大和さんがまるっとしてくださいよ。最近の海堂さん、二つ返事でいいよって言ってくれないし。それに、俺。個人的に番号知ってるのって、大和さんの他は白鳥さんだけだから。向こうは、はなから駄目でしょう〟

「だから――そういうことじゃなくて。シフトの管理は海堂さんか店長だし、急に言われても、僕では把握しきれないよ。だから、この時間なら、まずは店の固定に電話してってことなの。それに、僕はもうアップした。タイムカードも押して帰るところだから無理だよ」

〝アップ～？　いや、そしたら、またカード押してくださいよ。まだ店内でしょう？　お願いします！〟

どこからかけてきているのか、藤ヶ崎の口調はいつにも増して軽い。

大和は怒る以前に、驚きや呆れが先立つ。

「お願いされたって、僕にも用事があるんだよ。それより急用って、どうしたの？　声は元気そうだし、具合が悪いとかじゃないよね？」

〝あ～。それ聞いちゃいます？　実は、何ヶ月かぶりで合コンに誘われて～。今夜を逃したら、次にいつチャンスが来るかわからないんですよ。なんでもう、俺現地に向かってていて、そっちへ行けないんですよね〟

「へ⁉」

しかも、理由がこれだった。

大和は我が耳を疑った。

さすがにこれは聞き間違いだろうと、再確認しようとしたところで、深森がスマートフォンを持つ手首をがっつり掴んだ。

「ふざけたこと言ってるんじゃないわよ！」

自分のほうへ引き寄せたかと思うと、勢いのまま怒鳴った。

「深森っ」

「あんたみたいなドタキャン無責任男に、まともな女が靡《なび》くわけないでしょう！　どんなにその場で愛想笑いをしたって、女はそういう男は嗅ぎ分けるのよ。それができない女は、むしろあんたと一緒！　こういうドタキャンを平気でして、その上ヘラヘラ笑って〝ごんばんは～〟とか言うような社会性ゼロ人間だから！」

大和が一言いう間に、深森の怒号は藤ヶ崎に向けられた。

まさにマシンガンの勢いだ。

〝なっ！　そこまで言うことないでしょう！　自分だって、あっちだこっちだってアイドルを追っかけてるくせに！　合コンにも誘われないからって、僻まないでくださいよ。なんなら今度誘ってあげますから！〟

「いらないわよ！　何、上から目線で言ってるの。誰か僻むか！　こっちは正規の休みに、正規のお金を払って、パワースポット巡礼をしてるの。そもそも自分で入れたバイトの予定さえまともにクリアできない男が行くような合コンなんか興味ないし。仮に奢りだって言われても、時間の無駄。それこそお断り」

しかも、相当腹が立ったのか、深森はここで初めてスマートフォンの画面に指を向けた。

スッと擦《こす》ると、ブチッと通話が切れる。

「あ！　電話切ってどうするんですか」

「どうもこうもないわよ。こんな馬鹿げた電話よこすような奴は、いい加減にクビにしろって海堂さんに言うだけよ」

「いや、待て！　いきなり言われたって困るって。なんで、どうにかこう――。来るように誘導しないんだよ！」

いつから聞いていたのか、深森が怒鳴ると事務所から出てきていただろう、海堂が声を荒らげる。

「それは私の仕事ではありません。そもそも新店舗のバイトやパートを選出したのは海堂さんじゃないですか！　いずれは店長になるんだからって、全部任されて鼻高々だったんですから、最後まで面倒見てくださいよ」

「――っ。大和！」

(どうしてここで僕に⁉)

力いっぱい反論された上に、ここへ来て責任の所在を問われた海堂が、苦し紛れに大和のほうを向く。

「すみません。でも、連絡はまずは海堂さんに――とは、言いました。代わりに誰か頼んだのかどうかも聞きました。が、そうしたら、それは僕にとかって言い出して」

大和は、通話の切れたスマートフォンを手に、精一杯答えた。

「なら、今日のところは、それで埋めてくれよ。藤ヶ崎には、夕方レジへ入ってもらうつもりで、さっき調子悪くなっちゃったパートさんに早退のＯＫ出しちゃったばかりだしさ」

だが、こういうときに限って、海堂は海堂で別件のシフト変更を受けていた。

理由も理由で、これはかりはどうしようもない。

大和に迷いが生じる。

「でも、僕はもうタイムカードを押しました。これから買い物に行く予定もあるし」

「買い物？　それ、急か？　別の日にできないのか？」

「できません。明日の休みに使うものなので、今日行かないと……」

そうは言っても、最悪人がいなければ、自分が埋めるしか術はない。

ただ、仮にそうだとしても、たまには最後の最後で自分に回ってきてほしい。

開口一番「なら――それで」は、何か違う気がした。

せめて「他にも当たってみるが、それで駄目なら」くらいで言ってくれれば、大和も買い物は明日の午前中で、散歩は午後からでも行けるかな？　と、考えることができた。

ようは、そうした発想が出てこないうちにやりとりが進んだので、大和も「無理」を通してしまったのだ。

「なら、その買い物は長くかかるのか？　さっと行って、買い終わったらここへ戻ってくることは？」

とはいえ、この場は海堂が案を出してきた。

「――。それでも二、三時間はかかると思いますが」

「なら、三時間！　八時に戻ってもらえば、それまではこっちでどうにかするから」

「わかりました。そうしたら、急いですませて、戻ってきます」

「ありがとう！」

これまでにはなかったことだが、それなら大和もできる限りの協力はしようと思った。

これで二時間と言われたら、また違ったかもしれない。

しかし、あえて三時間と言ってくれたことで、大和自身も快く「急いですませて」と言えた。

傍から見たら些細《ささい》なことかもしれないが、大和にとっては、大きなことだったのだ。


そうして閉店後——すべてが終わった夜十時。

（は……。リード一式は買えたからいいけど、本職のあとにバイトをした気分だな。さすがに疲れた）

大和がタイムカードを押しに事務所へ行くと、海堂は誰かと電話中のようだった。

しかし、会釈をすると、いったん通話を保留にした。

「あ、お疲れ。あのさ、大和。明日の休みって、やっぱり別日との差し替えは無理か？」

「すみません。明日だけは前からの約束があるので」

——早退したパートさんだろうか？

──それとも他？

そんなことを思いながら、一応先に断ってみる。

「どうしても無理か？」

「こればかりは、相手があることなので」

「──そうか。わかった」

無理強いをされることはなかった。

海堂は「仕方がない」と言いたげだったが、実際はそれも口にせずに、了解をしてくれた。

（よかった！）

後ろ髪を引かれるような気はしたが、月単位で見るなら、公休も代休もだいぶ潰している。特に、月初めはイエスマンだったこともあり、三回に三回はシフトの穴埋めを受けていた。

正直言ってしまえば、今だって三回に二回は受けている。

せめてこの一回くらいは別の誰かに埋めてもらえるようにしないと、自分だけではなく、ゆくゆくは海堂も困るだろうという気持ちもあった。

そのための協力なら惜しまないし、決められた時間内に予定外の仕事が回ってきたとしても、そこはできる限りこなそうとも思っている。

(——じきに梅雨は明けるだろうし。あえての雨散歩とはいえ、まさか豪雨の中ってわけにもいかない。そうなると、天気予報的にも、薄曇りから時々雨くらいの明日が、絶好のチャンスだ。申し訳ないけど、ここは譲れない)

大和は気持ちを切り替えると、先ほど買ってきたリードやハーネスの入った袋を持って、明かりの消えた店を出た。

(あとは、どうか！　天気予報が当たりますように)

空には星も月も見えなかったが、かといって雨も降っていなかった。

どんよりとした厚い雲に覆われている感じはしたが、大和はこれが明日中続くといいなと思った。

＊　＊　＊

薄曇りから時々雨を願うなど、思えば変な願いだ。

これまで生きてきて、一度もない。

だが、もしかしたら、今後は何度かあるかもしれない——と思いつつ、大和は昼前には準備を整え、未来たちの待つ飯の友へ行った。

正規の休みだけに、堂々と休めるはずだが、昨日の今日とあって、店の前を通るのはかなり気が引けた。

特に誰に見られたわけではないが、

（シフトの補充はできたかな？）

とは、自然に考えた。

これぱかりは大和自身の性格だ。

昨日今日で、どうなるものでもない。

「わ！　見て見て狼ちゃん。からちゃん。大ちゃんがレインコートまで準備してくれたよ！　これなら雨が降っても濡れないよ」

それでも、いざ旧・新宿門衛所を潜り、未来たちに買ってきたコートやハーネスなどの一式を装着すると、あまりの可愛さにすべてが飛んだ。

結局、レインコートは簡易的な乳白色のビニールでできたものに、ハーネスとリードは金茶の毛に似合う赤系で統一。

首輪代わりのチェーンネックレスも同じもので、それらにつけたステンレスの名札の土台のみ色を変えた。

未来にはブロンズで、永にはピンク、劫にはブルーと、名前はその場で彫ってもらった。

いろいろ考え抜いた結果、深森の言った「アイテムを色違いにしなくても、個性で見分けられる」という意見も取り入れた形だ。

ならば、仲良し兄弟。お揃いがいいや――と。

「すごいですね。未来さん。よく似合ってますよ」

「あうあう～っ」

「きゅお～んっ」

「永さんに劫さんまで用意してもらったんですね。とても可愛いですよ。よく似合ってます」

そうして見た目が豆柴ベビーと仔犬が、三匹揃って準備万全となった。

それを見た烏丸が、カメラを持ってきて、パシャパシャと撮りまくっている。

これらの姿を見ただけでも、大和にとっては、買い物からの第二の達成感だ。

無趣味の結果だったとはいえ、それなりにあった貯金にはちゃんと意味があった！　と握りこぶしを作ってしまったほどだ。

「これ、揃えるのにけっこうかかっただろう」

それでも狼は、新品のグッズを見ながら、心配そうに聞いてきた。

「そんなことはないです。あ、でも。三回のお任せ定食にオマケのお酒やデザートがついても、遠慮なくいただいちゃうくらいは奮発しました」

「――了解」

あえてこんな答え方をしたが、狼はそれで笑ってくれた。

いきなり価格不明な年代物のワインでも出されない限り、大和もこれで安心だ。

ただ、こうなると、孫溺愛の祖父より、アイドル追っかけに近くなってきたが、三匹を見たら〝可愛いは正義〟だ。

それが自らの稼ぎで、いっそう可愛くコーディネイトができて、なおかつ一緒にお散歩ができてしまう。

〝こっちは正規の休みに、正規のお金を払って、パワースポット巡礼をしてるの〟

大和は深森の言い分は正論だと思った。

もはやパワースポットが一緒について回ってくる状態だ。

「あと、僕との散歩は初めてですし、双子ちゃんたちもいるので、今日は御苑の外をゆっくり回るところから始めてみます。一応、双子ちゃんが疲れたとき用に、空のリュックも背負ってきましたが。もし、未来くんまで疲れちゃったり、雨が強くなったりしたら、そのままタクシーって手もありますので」

だが、だからこそ大和は、この初めてのお散歩に、入念な計画を立ててきた。

誰がどこで「疲れた～」となっても、抱える準備は万全だ。

仮にタクシーが捉《つか》まらなくても、スマートフォンにはタクシー用のアプリを入れてきたくらいだ。

「何から何まですまないな」

「私も空からお供しますので」

「よろしくお願いします」

それでも、一番の味方はやはり烏丸だ。

彼が頭上からついてきてくれるのは心強い。

「じゃあ、行こうか」

「わーい！　出発だ‼」

「あんあん」

「きゅお〜んっ」

大和はそれぞれのハーネスにリードをつけると、それらが絡まらないように持ち手を握りしめた。

「未来さんや永さんのはしゃぎっぷりはわかりますけど、劫さんがこんなにはしゃぐとは思いませんでした」

「そうだな。普段は大人しいのに。あ、烏丸。くれぐれも頼むぞ」

「承知しました」

飯の友から森の中へ、そして旧・新宿門衛所を出るときには、烏丸が鴉に姿を変えて、頭上に羽ばたく。

一応用心に、未来たちにレインコートは着せたが、大和もフードつきの上着を羽織ってきた。

今のところは薄曇りだが、小雨程度なら降ってきても、充分凌《しの》げる。

「ゆっくりでいいからね」

「うん！　えっちゃんや、ごうちゃんがいるもんね」

今にも走りたくてうずうずしているだろうに、こうしたときの未来は、本当にいいお兄ちゃんだ。

永と劫には、あえて自分の前を歩かせて、歩幅やペースを合わせている。

二匹もそれがわかっており、短い脚でポテポテ歩く。

「それから人がいるときはシーだよ」

「うん。シーね」

もともと丸っこい小犬たちが、三匹揃って尻尾をフリフリ。一生懸命歩く姿は、なんとも言えず愛らしい。

特に、もっふりとしたやわらかそうな毛の小さいお尻は、何度見ても眼福だ。

(可愛い)

語彙力《ごいりょく》を問われそうだが、大和はこれしか思い浮かばない。

「大和！」

しかし、店の前を通り過ぎようとしたときだった。

そろそろ昼休憩だろうか？

たまたま店から出てきた深森に声をかけられた。

御苑沿いを歩いていたとはいえ、三匹連れだ。やはりすぐ目についたのだろう。

「深森」

勢いよく手を振ると、深森のほうから走り寄ってくる。

「うわっ。この子たち、昨日の写真の。実物のほうが、めちゃ可愛いじゃない。それに、ハーネスやリードも、似合うのがあってよかったね。ゆっくり選ぶ時間がなかっただろうけど」

そう言ってしゃがみ込むと、未来たちに自分からは手を出さず、寄ってくるのを待っている。

このあたりは、他人のスマートフォンにも共通しているが、深森のはっきりとした線引きなのだろう。

じっと待っているのがわかり、未来のほうからすり寄っていく。

そうして「この人はＯＫ」を出すと、永と劫もクンクンしながら、深森の脛《すね》あたりに鼻っ面をつけていく。

ここまできてから、こそこそっと撫で始めた。

「ありがとう。でも、かえって迷うことなく、一目惚れのものが買えた気がするから。これはこれでよかったのかも」

「そっか。なら、よかった」

それでも力いっぱいモフモフはしない。

ちょこちょこっと指で撫でたのちに、ゆっくり立ち上がると、「じゃあね」と言って、店のほうへ戻っていった。

その後ろ姿を見送っていると、中から表の様子を見に出てきたらしい海堂とも目が合った。

大和は会釈をして、改めて散歩に出る。

この間、烏丸は一定の距離を保って、ずっと見守り続けてくれている。

（未来くんたちの目に、この薄曇りの人間界って、どんなふうに見えるのかな？　僕はまだ、森を通って飯の友へしか行ったことがないから、特に世界そのものが違って見えるってことはない。狼さんたちが耳を生やして、尻尾を振っていなければ、そこが異世界だってこともわからない気がする――）

そうして、ゆっくりゆっくり歩いて、旧・大木戸門衛所を過ぎた頃だった。

「――永ちゃん、劫くん。一キロくらい歩いたから、少しリュックに入ろうか。また少ししたら、歩けばいいから。ちょっと休もう」

大和はそう言うと、一度立ち止まってしゃがみ込んだ。

「あんっ」

「くぉん」

空のリュックを前で背負い直して、リードが絡まないように、二匹を順番に入れていく。

永と劫は、嫌がることもなく、並んでちょこんと収まった。

リュックの口は開いたままなので、二匹からは大和の顔や頭上の烏丸も見える。

それで安心できるのか、いったん休憩でも嬉しそうだ。

「大ちゃん、すごい。えっちゃんとごうちゃんが、疲れたのわかったんだ。未来、そろそろかなって、言おうと思ったら、大ちゃんが先に気がついた」

「ずっとみんなの足取りを見ていたからね」

いつ後ろから人が来るか、話を聞かれるかわからないので、未来と再び歩き出したときには、目と目を合わせてうなずき合った。

そうして、未来と二人で歩いていく。

（あー。結局寝ちゃったか）

しかし、それから十分もしないうちに、リュックの中の二匹は眠ってしまった。

適度に揺れていたのが気持ちよかったのだろうが、大和は「あーあ」と笑って、二匹を抱えたまま新宿御苑の周りを一周――するつもりだったが、さすがに地味に重さが肩に来るので、タクシーを捉《つか》まえた。

「ごめんね、未来くん」

「そんなことないよ！　未来、車も大好き！」

大和自身は、何やら申し訳なかったが、未来のほうは初めて乗ったタクシーに、むしろ大喜びだった。

7

未来たちと堪能した散歩から数日後には、七月に入った。

梅雨明けが発表されると同時に天候はガラリと変わり、一気に気温が上昇する。

（気持ちを切り替えて、熱中症に注意しないとな――）

その後も大和は〝飯の友〟に通い続けて、夕飯を食べに行くようにしていた。

他部署の応援やパート・バイトのドタキャンフォロー、またその流れからの残業は相変わらずだったが、それでも週に一、二度は〝飯の友〟で夕飯と決めてからは、いつでも何でも請け負うことはしなくなった。

シフト上で見るなら、早番と遅番は半々だ。公休だってある。

その気になれば週の四日は〝飯の友〟へ通えるはずだが、そこまでは大和も求めなかった。

ただ、週にたったの一度も行けないような状況になるのは、そもそもおかしいだろうと思い、自分の「しょうがないか」でなあなあにしてきた部分を正す意味も含めて、〝飯の友〟での夕飯の回数を目安にしたのだ。

とはいえ、こうした大和の切り替えを、すぐにはよしとしない者、またできない者たちがいた。

「お疲れ様でした」

「え⁉　大和。何、タイムカードなんか押してるんだよ」

「――え？　はい？」

大和がタイムカードを押して事務所から出ると、その後ろ姿を見て、慌てて声をかけてきたのは、精肉部長を務める担当社員。

各部をまとめているのは、四十歳前後が多く、彼もまたその一人だ。

「俺、さっき、六時から精肉《うち》で残業よろしくって言ったよな？」

「僕、他の方を当たってくださいって、お返事しましたよね？　そうでなくても、昼休みを半分削って、残業も一時間確定なので無理ですって」

さも当然のように言われて、大和も真剣に応える。

実のところ、これと似たような会話は、数日前に鮮魚部の部長ともしていた。

「またまた～っ。冗談だろう」

「いえ。僕にそんな怖い冗談は言えませんよ」

「――は？　マジかよ。だったらもっとはっきり断れよ。パートさん、アップさせちゃったじゃねぇか。使えねぇな」

「え？　それは僕のせいですか？　他の方を当たってても無理だったとかならまだしも、それさえしていないんですよね？」

この会話の不毛なところは、決して「言った」「言わない」の争いにはならないことだった。

相手は誰もが一度は大和からお断りされ、またその理由まできちんと説明されている認識があるにもかかわらず、現実として受け止めていないのだ。

もしくは、もう一度言えばどうにかなるだろうという安直な考えだ。

「しょうがねぇだろう。お前にガチで断られるとか、こっちは考えてねぇし。ってか、本当に無理なのか？　大した用じゃないなら、譲歩してくれよ。お前、そのための社員だろう」

「――」

これを思い込みと言うのか、狎《な》れと言うのかはわからない。

ただ、口調は乱暴だが、彼にはまったく悪気がない。それは大和も理解していた。

むしろ、好感の持てる相手にしか、こうした口調にもならないので、遠慮がないのは単なる甘えの表れだ。

そこは親しき仲にも――と思うが、こういう関係を「まあ、しょうがないか」で構築してしまったのは、大和も共犯だ。

だが、それだとしても、今だけは言葉のチョイスをどうにかしてほしい。

この流れで「使えねぇ」と言われるのは不本意だし、大和は「そのための社員」でもない。そんなことは同じ社員で、しかも管理職なのだから、熟知しているはずだろうに――と、今にも口から出そうになった。

しかし、その前に店長の白兼が声をかけてきた。

「部長。そんなに大変なら、俺が手伝うよ」

「っ、専務！」

いきなり背後から肩を叩かれて、さすがに慌てていた。

「むしろ、期間限定とはいえ、そのためにここにいる穴埋め社員は俺なんだから。遠慮せずに言ってくれよ。水くさいな～」

「いや、え……。その」

爽やかなイケメンがわざとらしい口調で笑みを浮かべて、ポンポンと肩を叩く。その上、肩に腕を回して「さあ、行こうか」だ。

大和でさえ、見ていて一瞬凍りつきそうになった。

部長からすれば、今にも心臓が止まるか、破裂しそうな気分だろう。

なんせ、彼にも大和に無茶ぶりをしている自覚は、少なからずあったはずだ。

「あ、大和。上がって大丈夫だから。お疲れ～」

「……っ」

はい――という返事さえ、うまく声に出せなかった。

大和は力いっぱい頭を下げることで、「はい」「ありがとうございました」と示したが、指の先が震えている。

（店長が、専務が、自ら穴埋め社員は自分だって言った……。あれ、完全に部長への圧みたいなものだよな？　口は禍のもとって、こういうことなのかな？）

すると、そこへ休憩を終えたのであろう深森が、ロッカールームから出てきた。

「あの慌てぶりだと、絶対に大した内容でもなかった残業なんだろうね。むしろ、自分が楽したくて、大和に頼みたかっただけ――みたいな」

「深森」

おそらく話を聞いていたのだろうが、相変わらず彼女は、状況や空気を読むことに長けている。

大和は正直、残業の内容までは考えなかった。せいぜい、明日の早朝パートさんがいないのかな？　その分の仕込み？　くらいだ。

しかし、部長の硬直具合からすると、深森の見立ても当たっていそうだ。

その状況で「さ、仕事を出して。急いで片づけよう」と、再び笑顔で言われるのかと思うと、想像しただけで今一度背筋が震える。

白兼が普段から温厚で優しいことがわかっているだけに、笑顔で来られるお説教の類いが、大和には本当に怖いと感じた。

「店長が引き受けてくれたんだし、気にしなくていいと思うよ。ってか、どんな用で断ろうが、そんなのこっちの勝手。大した用かどうかなんて、本人にしかわからないんだから、他人が決めることじゃない。――でしょう」

それにしたって、やはり深森の一本筋の通った頼もしさは別格だ。

同い年なのに、どうしたらこうも違うのか？　と思わされる。

「ありがとう」

「いえいえ。どういたしまして。まあ、私も大和には公休日を取り替えてもらったりしてコンサート行ってるから、人のことは言えないんだけどね」

ただ、ここまで物事に割り切りのある深森が、大和に対して牙を剥くことがないのは、これまでしてきた仕事への評価であり信頼の証だろう。

性格的には、「甘いよ」「もっとイエスノーは、はっきり言わなきゃ」と駄目出しをされてしまうが、大和が今日まで頑張り続けてきたこと、仕事に真摯なことに関しては、誰より認めてくれている。

「でも、それはまだ取り替えだから」

「お互い様って言ってほしいから、そっちも遠慮しないでよ。私は推しの予定以外なら、いつでも応相談可。理由が〝知り合いのちびっ子犬たちと遊びたい！〟でも、全然ＯＫだからね」

また、何気ない言葉だが、これも嬉しかった。

ふと、思い起こすと、大和は「代わってほしい」と言われたことはあっても、自分からは言ったことがない。

もしかしたら、自分からこれが言えれば、三度に一度も断ることもなく、今よりもっとうまくシフトをこなせるようになるかも？　と、気づいたのだ。

「わかった。これからは、そうさせてもらうよ」

これまでとは違う意識が、また芽生えた。

きっかけは些細なことだが、大和は自分の中で狭間世界と同じほど、不思議なことが起こっていると思えた。

しかし、それでも大和の、そして店の受難は地味に続いた。

「え⁉　白鳥さんが、辞めちゃったの」

遅番での出勤早々、大和は深森から驚くばかりの報告を受けた。

「――ん。昨日もドタキャン電話が入ったんだけど。珍しく、海堂さんが〝困る〟ってきっぱり言ったのよ。虫の居所も悪かったみたいだけど――。そしたら、その場で逆ギレしたみたいで、もう行きません！　辞めさせてもらいます‼　って、なったらしいわ」

どうりで、今日は特に海堂の機嫌が悪いと思った。

あれから大和に無理難題は言ってこなくなったが、その分海堂自身の負担は増えていたのだろう。

それにしても、白鳥は辞めてしまったのか――と、大和は溜息さえ漏れない。

「そうなんだ。というか、シフト違いもあるんだろうけど、ここ最近、ほとんど白鳥さんには会ってなかったから、パッと顔が浮かばないや」

「そもそも週二日で、ドタキャン続きじゃね。私なんて、彼女が入ってから三ヶ月。両手ほども会った気がしないわよ。なんにしても、背に腹はかえられないから、慌てて他のバイトに電話したわよ。藤ヶ崎にまで私が」

「え……、そうだったんだ！　ごめん」

しかも、言われてみて思い出す。

ここのところ会っていなかったのは、白鳥だけではない。ドタキャンで合コンへ行ってしまった藤ヶ崎もだ。

「大和が謝ることじゃないわよ。ってか、それで驚くことに、藤ヶ崎は来たしね」

「え⁉　来たの？　藤ヶ崎くん」

「うん。汚名返上のチャンス到来！　とか、ふざけたこと言ってたけど。一応は反省してたみたい。合コンでドタキャンした日が、今月分のシフトの提出日だったでしょう。いつもなら早く出せ――って、催促してくる海堂さんがしないし。かといって、自分からは言いづらいしで、クビになったのかと思って、凹《へこ》んでたんですって」

「そう……、なんだ」

それでも、これに関しては、一応朗報の部類だった。

海堂からシフト確認をされず、放置されていた藤ヶ崎の心情を思うと同情も起こるが。結果としては、最後の通話を切られた深森本人からの連絡だったこともあり、藤ヶ崎としては本当にチャンスだと思ったのだろう。

「大和さんも電話してくれないし、怒ってるのかな～って。知るかよ！　って言ったわ。気になるなら――、ううん。嫌われたくないなら、素直に謝れよって言っといたから。そのうち、なんか言ってくるかもね」

「わかった」

大和はそう言って相槌を打つと、そのまま今日の仕事をスタートさせた。

明日は、早番だ。

一週間ぶりに定時で上がって〝飯の友〟へ行くことになっている。

今日が遅番だけに、シフト的にはハードだが、明後日、明明後日《しあさって》は公休だ。

本当に、なんの呼び出しもされずに過ごせるのだろうか？　と半信半疑ではあるが、そのうち一日、明後日は深森からの相談で先の公休と取り替えた日だ。

これに関しては、「必ず私が大和の休みを死守するから」と、心強いことも言ってくれたので、まずは明日の夜のお楽しみを堪能。その時点で連休が確定なら、そのことを狼たちに言って、日中から遊び（子守）に行かせてもらおうかな？　と計画中だ。

前もって彼らに言えないのは、自分自身が仕事でキャンセルになってしまうと困るからだったが――。

（とにかく！　今日明日を乗り切って〝飯の友〟だ！　狼さんが作る定食は美味しいし、未来くんたちは可愛い。そして烏丸さんの行き届いたサービスは、本当に気持ちがよくて、癒やされる。何より元気になれるしで、言うことないからな！）

なんにしても、馬の鼻面に人参とはこのことだ。

「いらっしゃいませ」

大和はそれから、まさに馬車馬のごとく張り切って働いた。

そうして迎えた夕飯休憩時間――。

（いっそ、今度。この一時間で〝飯の友〟を往復できるかどうか、試してみようかな？お任せ定食だったら、いけるかな？　でも、あそこに座ると、一時間で帰れる気がしないしな。行くならゆっくりしたいし……）

大和はそんなことを考えながら、珍しくロッカールームへ移動した。

いつもの小銭を入れでは食事代が足りず、財布を取りに行くためだ。

「ねえねえ。最近の海堂副店長、厳しくない？　前は〝急用〟の一言で即了解だったのに、理由聞くよね。それで白鳥ちゃんも辞めたって？」

「あー。らしいね。でも、うちの部長もそうよ。なんか急に、どうして？　って聞いてくるようになった。本当、前は休みやすくて、助かってたのに」

「うちもだよ」

すると、中から早番パートの女性たちの声がした。

すでに上がって、帰るだけなのだろう。だいぶリラックスしているのがわかる。

かといって、話題が話題だけに、ノックがしづらかった。

立ち聞きするのも――と思い、大和は扉に背を向ける。

「原因は大和くんでしょう。ちょっと前まで、二つ返事でいいですよ――で、穴埋めしてくれて。よく働く子だな～、超いい子～って思ってたのに。最近、今日は無理です。代われません。他を探せませんかって。いやいや。それがあなたの仕事よね？　って感じ」

名指しされて、足が止まった。

（長谷川さん⁉）

あまりに覚えのある声で、一瞬身動きすらできなくなった。

「本当だよね。入社二年目なんて、大した仕事もできないんだからさ〜。率先してパートやバイトの穴埋めをしとけっていうの」

「そうだよね〜。ってか、いきなりこれって、彼女でもできたのかな？」

「やだ！　何それ。そんな理由で仕事をサボるなって、誰か言ってやってよ」

「ね〜っ」

少女のようにはしゃぐ三十代から五十代の女性たち四人の会話に、大和は一瞬目の前が真っ暗になったような気がした。

「大和――」

すぐに事務所から呼ばれて、反射的に「はい！」と返事をするも、同時にズキンと頭が痛くなる。

「――⁉」

「っ！」

背後の扉の奥が、一瞬にして静まりかえったような気がしたが。大和は何事もなかったかのように「どうしたんですか？　店長」と、声を発して事務所へ入った。

しかし、その後は何を言われて、何を話したのか、よく覚えていない。

これまでさんざん直接や間接的にドタキャンを埋めてきた相手に、この言われようだ。

特に子供がまだ小さい、中学生以下の主婦層には気を遣ってきたつもりでいたが、一度「今日はどうしても無理なんです。海堂さんか店長に相談してみてください」と断っただけで、本気で使えない奴扱いだ。

(働き者の、超いい子――ね。それってようは、ただの超都合のいい子じゃないか)

こうなると、藤ヶ崎の何でもできる〝何でも屋〟のほうが、まだ褒め言葉に聞こえるから不思議だった。

陰でコソコソと言われるよりは、面と向かってはっきり言われるほうが、マシに見えるだけかもしれないが――。

それにしたって、大和は怒っていいのか、呆れていいのか、よくわからなかった。

しいて言うなら、もうどうでもいいか――という感情が、一番しっくりと当てはまるような気がした。

＊　＊　＊

極力普段どおりにふるまおうとしたが、白兼から「どうした？　調子が悪いのか？」と聞かれたのは、事務所に入って数分も経っていない頃だった。

しかし、このあたりはもう、記憶が曖昧だ。

ただ、「大丈夫です」を繰り返してその場をやり過ごし、「休憩時間に悪かったな。延長していいからな」と笑ってもらって、事務所から出たような気がする。

その後は、夕飯どうこうも考えられず、人気《ひとけ》のない青果のバックヤードの隅に隠れるように座り込んで、重い溜息を繰り返した。

多少は落ち着き、休憩後は最後まで仕事をこなして、普段どおりに帰ったと思う。

ただ、その翌日。

大和は就職してから初めて、自分でも驚くような不調の中で目を覚ました。

「——すみません。どうにも、起き上がれなくて……。体調が悪いので、お休みさせてもらって大丈夫ですか？　横になっていれば、落ち着くと思うので」

ガンガンするような頭痛ではないにしても、鈍痛がうっとうしかった。

その上、身体が重くて倦怠感がすごい。

熱を測ることさえ面倒くさくて、とにかくベッドを下りて仕事へ出る支度をする気持ちになれない。

それでも連絡だけは——と思い、大和は枕元に置いていたスマートフォンで海堂に電話をかけた。

しかし、電源が落ちているのか、通じない。

仕方なく、白兼のほうへ電話をかけて、併せて説明をした。

〝あ――。そうか。昨夜なんか、調子が悪そうだったもんね。やっぱり早退させればよかった。ごめんね。こっちは大丈夫だから、ゆっくり休んで。というか、一人で平気？　病院や薬は？〟

「風邪薬や栄養剤は買い置きがあります。なので、それで少し様子を見てみます」

白兼は、大和の「大丈夫」に押し切られた自分に、反省の声さえ漏らしていた。

そこは自己管理だろうと思う大和からしたら、申し訳ないくらいだ。

〝そう。明日も明後日も公休だよね。せっかくの休みを寝て過ごすのはもったいないし、一日寝てすっきりできるといいんだけど。でも、場合によっては、明日も用心して。あと、体調が今より悪くなってきたら、遠慮なく知らせるんだよ。それこそすぐ見に行ける距離なんだから、いいね〟

「すみません。ありがとうございます。それでは、よろしくお願いします」

そうして、至れり尽くせりの言葉をもらって、大和は初めての欠勤連絡の電話を終わらせた。

「はぁ……」

大きな溜息をつくと同時に、スマートフォンを手から落として、ベッドの上で寝返りを打つ。

（確かに、怠《だる》くて仕方がないが、ちょっと気合いを入れれば、起き上がれたんじゃないだろうか？　実際測ってみたら、熱はないかも――って気がするから、測らずに電話した？）

病欠を決めてから、込み上げてくる罪悪感がなんとも言えず、余計に頭が痛くなってきた。

白兼の目から見ても、昨夜から調子が悪そうだったと言われたのだから、素直にそう思っておけばいいものを。大和はこの状態が、自身の気持ちの弱さから来ている自覚があったためか、その後も調子を悪くすることはあっても、よくすることができなかった。

そうして、二度寝をしたり、三度寝をするうちに、一日が過ぎてしまう。

気持ちはどうあれ、身体そのものは疲れていたのだろう。大和は身体を横にさえしていれば、自然と眠れるような状態だった。

（――!?）

意識がはっきりしたのは、急に窓の外から音がしたときだった。

朝から一度も電気を点けず、気がつけばあたりは真っ暗になっていた。

しかし、月明かりのおかげか、カーテン越しにくっきりと黒い影が浮かび上がっている。

「――、鴉……？　烏丸さん!?」

大和は鳥の形の影から、すぐにそれが誰であるのかがわかった。

カーテンを開き、鍵を外してテラス窓を開ける。

すると、ベランダの縁にとまっていた鴉が、スッと部屋の中へ入ってきた。

「こんばんは。突然失礼します」

烏丸は人間界では化けられないと言っていたとおり、鴉のままの姿で挨拶をしてきた。

大和は部屋の電気を点けたあと、ソファベッドのクッションを掴むと、まずは座布団代わりに差し出した。

すると、烏丸は「どうぞお構いなく」と頭を下げて、クッションの脇へ立つ。

「どうしたんですか？　みんなに何かあったんですか？」

「――いえ。それは、私が大和さんにお聞きしたくて」

遠慮がちに聞かれ大和はハッとする。

「え？　あ――‼　そういえば、今日は行く予定でしたっけ。僕から未来くんに言ったんでした。早番の定時で上がるから、いつもよりは早く来られるよって」

今の今までまったく思い出せなかったことで、一日どころか、人生が終わってしまったかのような衝撃を受ける。

思わず壁にかけている時計に目をやった。

すでに夜の九時を回っている。

今なら遅番の従業員が、レジ上げや片づけをしている時間帯だ。

「はい。最初は残業なのかと思って、お店に様子を――。そうしたら、お休みだって話しているのを聞いたもので」

この様子では、いつまで経っても現れない大和のことを、未来たちには「きっと仕事だよ」と言い聞かせていたのだろう。

とはいえ、あまりに遅いので、確認に来たのかもしれない。

「本当に役に立たないって、言ってました？」

ただ、そんな烏丸に対して、大和の口から思ったままがポロリと漏れた。

「え⁉」

「――っ、ごめんなさい」

長谷川の言葉が、そうとう根深く残っているのが、自分でもわかる。

しかし、驚く烏丸に謝りはしたが、彼には何が何やら意味不明だろう。

せいぜい自虐的なのが、見て取れるだけで――。

「あの、よかったら今からでもご来店、いかがですか？」

それでも烏丸は、大和を誘ってきた。

「すみません。仮病とまでは言わないですが、それに近いことをした自覚はあるので、さすがに店の前は通れないかなって」

小心者だな――と、自分でも思う。

だが、あれだけ白兼に気を遣ってもらった手前、せめて今日ぐらいは病人らしくしておくのは、もはや義務だろうくらいの気持ちになっている。

「仮病？　ええっ！　大和さんが、そんな孤塚さんみたいなことを⁉」

「……⁉」

烏丸は更に驚いていたが、弾みですごいことも言っていた。

そういえば、彼ともイヤーカフスのとき以来、会っていない。

（孤塚さんでも、仮病を使うんだ……）

小狡い印象の狐ならば、なんとなくイメージができる。

しかし、自他ともに認めそうな俺様狐だけに、大和は孤塚の姿を思い出すと、かえって不思議な気がした。

「でも、それでしたら体調が悪いとか、お怪我じゃないですよね？　心の不調はあるのでしょうが」

「……心の不調？」

「孤塚さんはそうおっしゃって、休養をとられていたことがありましたよ。それこそ、何日かまとめて」

「――」

それでも烏丸から説明を受けるうちに、大和はあの省エネモードの子狐を思い起こす。

と同時に、店の客同士の揉め事に巻き込まれて、早退してきた姿もだ。

(そうか……。孤塚さんでも、ちょっとくらいは現実逃避したいときがあるんだな)

思いがけない陰口を聞いた衝撃からの落ち込みに、大和は自分の弱さにも嫌気がさしていた。

これなら深森のように、直接相手に向かって怒れるほうが、かえってスッキリしそうな気がするのに、そこからしてうまくできない。

挙げ句、衝撃だけが体内に残り、調子を崩すなんて、何から何まで馬鹿すぎる――と。

「ところで、お休みを取られたのは今日だけですか？」

「……いえ。もともと明日、明後日が公休なんで、三連休です」

「でしたら私が、とびきり心によい病院へお連れしますよ。いえ、大神診療所というんですけどね。実は入院施設もあるんですよ」

「烏丸さん」

ただ、その後も烏丸は、大和を〝飯の友〟へ誘ってきた。

しかも、心の静養にかこつけて、泊まりでだ。

「さ、先日のリュックがいいですかね。着替えだけ詰めて参りましょう」

そうして大和は烏丸に急かされるまま、適当に二泊分の着替えをリュックに入れて、背負った。

「大丈夫。お店の前は通りません。ただし、上は通っていきますが」

「上⁉」

よく考えたら、寝間着代わりのスエットスーツ姿だというのに、烏丸を肩に留め、きちんと戸締まりをして部屋から出ると、そこから一気に〝飯の友〟へ飛び立った。

＊　＊　＊

魔法や冒険好きで育ったならば、こうした夢は幾度となく思い描いたことだろう。

しかし、どう思い出しても、空想物語からは対極的な思考で育った気のする大和にとって、大鴉に乗り月光の下を飛んで異世界へ――などということは、夢でも妄想でも見たことがない。

（うわっっっ！　嘘だ‼　烏丸さんが化けた！　人間を運べるくらい巨大化したよ。飛んでる、飛んでる、飛んでる。これって落ちたら死ぬよ――っ‼）

烏丸としては、仮病で職場を休むような何かがあったとわかる大和の気晴らしに――。

それこそ少しでも元気になってほしくて行った出血大サービスだったのだろうが、これは裏目に出てしまう。

「――」

大和は〝飯の友〟の前に到着したときには、生きる屍のようになっていた。意気消沈どころではない。眼鏡こそかけているものの、半ば白目を剥いて、意識があるのが不思議なほどだ。

「大丈夫ですか？　ちょっと刺激が強すぎましたかね？」

「……いえ、ありがとう……ございます」

ただ、大和は終始落ちたくない、死にたくないという思いで、烏丸にしがみついてここまで来た。

昨夜から、もう、どうでもいいや――という、投げやりな気持ちで丸一日寝込んで過ごしたのが嘘のように、むしろ死んでたまるかくらいの勢いだ。

人生で一番落ち込んでいた気がするのに、ものすごく生命に執着があることを痛感した。と同時に、こうした実感や思考に走る自分が、狭間のようなファンタジー世界へ招待されているのだから、世の中は本当に不思議だと改めて思う。

「大ちゃん来た～っ！　からちゃんが連れてきてくれた！」

しかも、尻尾を振りながら大喜びで店から飛び出してきた未来を見ると、大和の心を占めてきた〝どうでもいいや〟の意味さえ瞬時に変わる。

「あんあん」

「きゅおんっ」

「おう。いらっしゃい」

永と劫を両腕に抱えて、耳を動かしながら出てきた狼の姿まで見たら、尚更だ。

「すみません。今頃、おじゃまします」

あんな自分勝手な人たちのことなんて、もうどうでもいい。

シフトも何も自分たちでどうにかすればいいし、何かあっても僕は知らない。

全部まとめて好きにすればいいし、勝手にどうとでもすればいい。

僕は僕の仕事だけをする。

それくらいの気持ちでいたのさえ、まとめて〝もうどうでもいいか！〟だ。

(未来くんも永ちゃんも劫くんも可愛い――っ)

大和は飛びついてきた未来を受け止めつつ、狼からは永と劫を受け取り、両腕に抱えた。

三人の温もりを肌で感じて、そして気が抜けたときには、またお腹が鳴った。

「あ～。大ちゃんのお腹、ぐぅって鳴った！」

「うん。ずっと食べそこなっちゃって。よく考えたら、昨夜から何も食べてないや」

未来に笑われ、釣られて大和も笑った。

しかし、これは聞き捨てならないと狼が驚く。

「なんだそれは？　一食、食い損ねたとかじゃないのか」

「はい。今日は疲れていたのか、気がついたら一日眠ってしまって」

「――そうか。まあ、とにかく中へ入れ。時間も時間だし、軽いものを出すから」

「ありがとうございます」

さっそくとばかりに、みんなで揃って店内へ移動する。

中へ入ったときには、すでに烏丸は人の姿になっていた。

「大ちゃん。リュックに何入れてきたの？」

すると、期待に満ちた双眸で未来が聞いてきた。

（しまった！）

大和は何一つ、土産を用意してこなかったことに気がついた。

休みに来られることがあったら、今度こそ事前におもちゃでも――と考えていたのに。

キラキラした未来の目を見ると、すぐにでも何か買いに行きたくなってくる。

「――そうだ。未来さん、店主。大和さんは明日と明後日がお休みだそうなので、私がお願いをして、着替えを持参してもらいました」

「え⁉　そしたら、もしかしてお泊まりなの！　これってお泊まりセット⁉　やった！」

だが、未来にとっての一番のお土産は、大和自身のようだ。

今夜はここへ泊まる前提で来たと知るや否や、その場で跳んで跳ねてクルクル回って大喜びだ。

いったんサークルへ戻された永と劫まで、コロコロと転がり、喜びの舞。

これにはどこの誰よりも、大和自身が感激してしまう。

「なんだ。それで、すぐにでも寝られる姿で来たのか。なら、もう奥でいいか」

「——かと思います」

「そしたら、先に案内を。俺は夜食を持っていくから」

「承知しました」

狼にしても、突然烏丸が決めてきた泊まりだというのに、嫌な顔一つしない。

むしろ、それならば——と、先に大和を店の奥へ通してくれる。

「さ、大和さん」

「行こう。大ちゃん！　あ、未来がえっちゃん抱いていくから、ごうちゃん抱いて」

「——うん」

こうして大和は、烏丸と未来に案内をされて、店の外に建つ彼らの自宅へと招かれた。

旧・新宿門衛所から入った〝飯の友〟は、森の中にあるようにしか見えなかったが、更に店を通り抜けると、大和の目の前には月明かりに照らされた山々に田園風景が広がった。

それも、どこからともなく、さざ波の音が聞こえてくる。

(近くに海？　え？　これってまさか、曾お祖父ちゃんの言っていた裏山？　やっぱり、エゾシカたちと同じ世界？)

大和は思わず四方を見渡した。

「さ、大和さん。こちらです」

「大ちゃん、こっち～っ！」

しかし、すぐに案内された藁葺《わらぶ》き屋根の家に入ったので、ゆっくり見渡すのは翌日のこととなった。


思いがけない成り行きから二泊三日の異世界旅行となった大和の一泊目は、狼が「これなら胃に優しいだろう」と用意してくれた雑炊をいただいたのちに、すぐ就寝となった。

前日の夜から眠りっぱなしだっただけに、さすがに今夜は眠れないんじゃないか？　と思うも、大和は用意された布団に入ると、不思議なくらいよく眠れた。

一緒に寝ていい？　と言って甘えてきた未来の温もりも眠気を誘ったのだろうが、寝室が一つということもあり、全員が同室で眠ることになったところに、いっそうの安心感があったのかもしれない。

修学旅行や家族旅行のような雰囲気も心地よかった。

（――うわぁ。全員ご本体だ）

ただ、そんな大和が何より感動したのが、目覚めの光景だ。

（よもや、きちんと布団に入って寝ているオオカミを見る日が来るとは思わなかった。というか、孤塚さんはいつ来たんだろう？　酔っ払って転がり込んだのかな？　それとも、もとからここに住んでるの？　布団から転がり出て、大の字になって寝ている双子ちゃんと一緒になって、省エネモードなんだけど……）

そう。一緒に寝たはずの未来が仔犬化しているのに始まり、狼は大型のオオカミに、烏丸は鴉に戻っていた。

それだけならまだしも、二人が寝ていた二組の布団の間には、双子と孤塚がそれぞれ好き勝手なところで転がっている。

想像を絶すると言えば、絶する光景なのだが、大和は顔がニヤけるのが止まらない。

（ここは、なんて名前の夢の国？）

サイズ的には、丸いお腹を出してクークー寝ている孤塚や豆柴ベビーズもたまらないが、きちんとした就寝姿にもストイックさが窺える烏丸もたまらない。

それより何より、鈍色の毛も艶やかなオオカミが、枕に顎と両前脚を乗せて「くー」と眠っているのは、一見素晴らしくカッコいいのに、可愛くも見えて、大和は悶絶寸前だ。

「大……ちゃん。いっぱい、あそ……ぼ」

そこへ可愛い豆柴仔犬な未来が、可愛い寝言を言いながら、自分に抱きついてくるのだ。

これが夢なら、永遠に眠って見ていたいくらいだ。

しかし、ここで未来が目を覚ました。

それもクリクリとした双眸をぱっちりと開くと、

「おはよー大ちゃん！　遊ぼう！」

そう言って尻尾をブンブン振って飛びついてくる。

「うん。遊ぼう！」

夢のようだが、夢ではない。

大和のいきなり異世界旅行の二日目が始まる。


大和が狭間世界を丸々一日堪能できるのは今日だけとあり、未来は「あれがしたい」「これがしたい」と、まずは願望を並べていった。

まるでハンバーグ定食がお子様ランチになったときのようだが、大和も今日ばかりは「いいね」「楽しそう」で賛成をしていく。

その結果、

「やった～やった～♪　お弁当持って、ピクニック～♪」

大和は近場での狭間世界見学を兼ねたピクニックへ行くことになった。

とはいえ、狼がお弁当の準備をしてくれている間は、家の前でボール遊び。

双子の乳母車を兼用しているアウトドアワゴンの中には、いつの間にかお弁当やピクニックセットの他に、未来がバトルカードを忍ばせている。

これには孤塚にまで、

「未来。お前、やりたい放題だな」

と言われてしまったほどだ。

「いいの、いいの〜♪」

それでも未来はお構いなしだ。

兎《と》にも角《かく》にも楽しくて嬉しくて仕方がないらしい。

それこそ何をするにも、ゴム鞠のような弾みっぷりだ。

「あう〜ん」

「くぉ〜ん」

そしてそれは永や劫も同じだ。

大和がいる、みんなでお出かけもする、未来はとにかくご機嫌だとあり、二匹揃ってニコニコだ。ことあるごとにクルクル回るし、そうかと思えば突然鼻歌交じり？　で、左右に揃って揺れるしで、大和はここも目が離せない。

何をするかわからない、気紛れなところもあるんだとわかると、何一つ見逃したくない可愛さがあるからだ。

（それにしても、今日は丁度いい天気だな――。風も程よく吹いていて、東京の七月とは違うんだな）

日が昇ってから、改めて一望に収めた光景は、北海道にある実家周辺とよく似ていた。

青い空に、なだらかな山脈、緑が生い茂る森や林。

実り豊かな田園風景に、ポツンポツンとしか見当たらない民家。

また、どこからともなく聞こえてくる「モ～」という牛の声。

実家と違って見える部分があるとするなら、それは小さな湖がいくつかあり、その一つが人間界の海へ繋がっているところだ。

〝飯の友〟のメニューに海水魚があるのは、主にここで専業猟師をしている獣族がいて、物々交換をするかららしい。

ただ、風景としてなら、国内を探せば似たような場所はあるだろう。

そう考えると、懐かしくてとても落ち着ける場所ではあるが、特別不思議なところへ来た気はしない。

無意識のうちに未来や双子を見てしまう。

とはいえ、すっかり可愛い子たちの追っかけになってしまった大和でも、この手のものだけは別だった。

「――え？　専用のハウスがあるわけでもないのに、この季節にみかん？　品種も冬のものなのに？　というか、これって栗《くり》？　それももう少しで収穫できそうなくらい……。でも、夏に栗？」

　ピクニックでランチを摂ったあとだった。

　何の気なしに目にした数本の木の実に、大和は驚いた。

　実家が農家な上に、仕事でも常に旬の食材を扱っているためか、季節を度外視した実りには目を奪われたのだ。

　思わず栗の木を見上げて呟く。

「この世界そのものには、日本のような四季というか、季節の感覚がないんですよね。一番近い出入り口の人間界に影響は受けますし、むしろそこに合わせて我々もそうした旬や行事を楽しみますが、基本はないんです。だからなのかはわからないですが、実りも何も勝手気ままで。なんというか、種類によってではなく、一本一本が自分のサイクルで生きているんだと思います」

　すると、ここは烏丸が説明してくれた。

　そう言われてみると、これまでに〝飯の友〟で食べた定食には、季節に填《は》まっているものもあれば、そうでないものも多々あった。

　しかし、今の世の中だし、大和はそれ自体にはなんの不思議さも感じなかった。価格や味に差が出ることはあっても、一年を通して大概のものがあるからだ。

むしろ、ないものを探すほうが難しいくらい、旬の天然物でない限り、今は何でもある。

だが、ここでは違う。そうではない。

狼は全国の出汁やめんつゆを集めて使い分けるような調味料マニアだが、おそらく食材そのものは旬のものを選んでいる。

それこそ、こうして実りを見たら、今夜はこれにするか――くらいの気持ちで、最高に食べ時の食材を選んでいるのだ。

今更で申し訳なささえ感じるが、なんて贅沢な定食だったんだと思う。

と同時に、何を食べても美味しい美味しいで、よくわかっていなかった自分が恥ずかしいが。かといって、その感じ方で間違ってもいなかったという、ややこしい結論が出る。

「――そうなんですか」

ただ、こんな気づきや教えのおかげで、自然と笑みが浮かぶことそのものが、今は幸せだなと感じた。

「でも、世界を見渡したらそうでしょう。大和さんの言う四季は、あくまでも日本の四季であって、他国は違うものだし」

「あ……。そうか。確かにそうですよね。でも、そしたら、次に来たときには……」

ここでなら、一足早く旬の栗ご飯が食べられるかもしれないと思えば、更に顔がニヤける。

それを見ていた未来が、栗を見上げてる大和を同じように見上げてきた。

「大ちゃんは、栗が好きなの？」

「うん。大好物。栗ご飯って美味しいでしょう」

笑って話すと、未来が大和の手を取り、ぎゅっと握ってくる。

「そしたらこれ、大きくなったら未来が一番にとって、大ちゃんに食べさせてあげる！」

「本当！　それは楽しみ。ありがとう、未来くん」

「へへへっ」

他愛もない話、他愛もない約束が、互いの笑顔を大きくしていく。

（誰とでも、こんなふうにできたらいいのにな――）

大和は、ふとそんなことを考えた。

（海堂さんだけでなく、各部の部長がシフトに厳しくなったのは、間違いなく僕が断ることを覚えてからだ。もちろん、そこは店長もよしとしていなかったから、注意をしてくれたんだろうし。部長たちもそれで納得をしたんだろう――けど）

一度は、もうどうでもいいか――とは思っても。実際、そうではないことくらいはわかっている。

休み明けに出社をしたら、意識して解決しなければならないことだ。

（でも、僕にとっては、三回に三回は無理だよってことでも、個々にとっては〝私は今月初めてなのに？〟みたいな捉え方をされたら、どうして？　なんで？　ってことになるのかな？　多分、そういうところで、これまでになかった不満があいう形での愚痴になったんだろうけど――）


だが、だからといって、すべての穴埋めを大和が引き受けていたら、身がもたない。

たとえ以前のように、やる気満々で引き受けていたとしても、いずれは身体のほうが「無理」だと悲鳴を上げていただろう。

そこは、食事も摂らずに寝ていた一日を振り返ってもわかる。

メンタル的な打撃とは別に、すでに体力的な限界もあったのだろうから――。

（それにしても、一日があっという間だ……。楽しくても、働いていても、どんどん時間は過ぎていく）

また、ここへきて発覚した誤解も解きたい。

大和の本来の仕事は、シフトの穴埋めではない。メインで管理するべき担当食品の陳列棚が店内の四割、五割はあるし、場合によってはレジにも入る。

他部署の応援はあくまでも応援の範囲だ。

おそらく部長たちは、店長からの注意で、そういえばそうだった――くらいのノリで、そこを思い出したのだろう。

ただ、どこの部署であっても、よく穴を空けるパートやバイトに限って、これを理解していない。

もしかしたら、最初に「大和の仕事は穴埋めだ」と認識してしまったのかもしれないが、どうせならそこも各部長や社員たちから解いてほしいところだ。

（でも、どうせ同じ速度で過ぎるなら、笑顔で楽しく過ごしたい。せめてギスギスしたくない。これって、我が儘なことなのか？　無理難題？　僕からしたら、些細な理解と他人への思いやりで、ある程度は円滑に進められるような気がするのにな——）

そんなことを考える間にも、二日目の時間は過ぎていった。

孤塚は仕事があるからと夕方前には人間界へ戻り、狼と烏丸も休みを告知していなかったから——と、〝飯の友〟を開けた。

その間、大和は未来と双子の子守をしつつ、「いつかの狸サラリーマンたちが来たぞ」と声がかかると、みんなで顔を出して、他愛もない世間話を楽しんだ。

「へー。お兄さんは、そこのスーパーに勤めてるのか」

「偶然だな。実は俺たちも、同業だよ。オレンジストアって知ってる？」

「え？　本当ですか！　それって、みかん堂系列ですよね？　全国展開している大型ストアじゃないですか」

大和にとって〝飯の友〟で知り合う客たちは、いつしか会えば楽しく話ができる、一緒に食事ができる、ご飯友達になっていた。

「いやいや〝自然力〟だって、今や業界最注目だよ。社長や専務がやり手だって話は、支店勤務の俺たちでさえ、よく聞くしさ」

「そうなんですか。ありがとうございます。僕が言うのも何ですが、本当に厳しくも優しい方たちで。とても尊敬しているので、そうしたお話を聞くと嬉しいです」

「きっと、向こうも同じことを思って、どっかで社員自慢してるよ」

「確かに！」

（狸さんたち……。いい人だな。いや、実際は、いい狸さんなんだけど――）

それこそ年齢も種族も関係ない。

互いを気遣う気持ちさえあれば、仲良く食事をして笑顔になれる。

それを教えてくれた貴重な友人たちにもなっていた。

8

大和の〝いきなり異世界旅行〟の三日目目は、朝から未来と一緒にカレーライスを作って、それをランチにすることになった。

「わーいわーい。カレーライス～」

「あう～っ」

「ばっぷん」

「たくさん作ると、いっそう美味しく感じるって不思議だな」

未来に合わせて甘口の市販ルーを使ったが、これもまた大和には懐かしく感じる味だった。

仮に同じルーを使っても、一人暮らしでは作る量が限られている。こうはならない。

どうせなら、今夜のメニューの一つに——と、狼も加わり大鍋で煮込むことになったのだが、それが大和には更に美味しく感じられる要因となったのだ。

「これも称賛すべき、人間世界の企業努力の一つだな。難しいことはしなくても、説明に書かれたとおりに作るだけで、安定の美味しさだ。しかも、ちょっとアレンジしてみようかなんて気持ちであれこれ試すも、結局一周回って何もしないのが一番美味いというオチまで含めて、素晴らしいルーだ」

「香辛料の効いた料理は、鼻の利く店主にはお辛《つら》いですしね」

「まぁ、それもある」

（そうなのか！　そう言われたら、確かに他の料理よりも、カレーは狼さんには大変そうだよな）

途中、狼の調理事情を新たに知る場面もあり、大和にとっては何から何まで美味しく楽しい時間が過ぎた。

それでも狼たちが店の仕込みを始める頃を見計らって、大和はこの旅行を終えることにした。

一人暮らしの大和には、家事がある。

休みの日にまとめて片づけようと思っていた掃除や洗濯があるので、そこは今日のうちにすませなければならない。

明日からの出勤をスムーズにし、また定期的に〝飯の友〟へ通うためにも――だ。

しかし、自宅に戻って家事をしていたときだった。

大和はふと、二日目の深夜に狼と向き合い、話したことを思いだした。

〝ここへ来た日、僕は初めて仕事を休みました。前の夜に、偶然陰口を聞いてしまって。相手にとっては当然の不満だったのかもしれないですが、僕からすると信じられない内容で。何か、いろいろと嫌になってしまって――。そうしたら、翌朝調子が悪くて。普段なら多少は無理をしてもって頑張るんですけど、今回はそういう気になれなくて〟

烏丸が急遽連泊予定で連れてきたことで、余程の何かがあったのだろう――とは、狼も感じていたようだった。

そうでなくても大和には、食事後に突然泣きだした前歴がある。

狼からすれば、こいつはどれだけ情緒不安定なんだと感じたところで、不思議はない。

ただ、だからといって、狼は自分から「どうした」「何があった」とは聞いてこなかった。

店を終える頃に、「せっかく明日も休みなんだから、もう少し飲むか？　アテもあるぞ」と自家製のカリン酒や燻製数種――チーズやベーコン、ゆで卵――を見せてきた。

断るという選択がない。

大和はそれをありがたく受けた。

しかし、ほろ酔いになったところで、愚痴をこぼしてしまったのだ。

〝――なんか、本当に。人間は頑張る奴ほど我慢をするよな。頑張ってと言われたら期待されるようで励みになるが、我慢してと言われたら、そう何回も嫌だよってなるだろうに。それに、たとえ気分よく頑張ったとしても、身体がついていけるかと言えば、必ずしもそうでもない〟

寡黙と言うよりは、必要なときに必要なことだけを発する狼の言葉は、大和に〝気づき〟を与えてくれることが多々あった。

特に〝人間は〟とつけて話されると、同じ人間に言われるよりも、客観的な意見として素直に聞けた。

実際、狼の目線だからこそ感じることはあるだろうし、思うところもあるだろう。

何より大和は、狼がそれだけ多くの〝我慢強い人間〟〝それでいて限界がきた人間〟を見てきたんじゃないかと思えて、言われたことを一つ一つ自身の中で噛み砕いていったのだ。

〝はい。確かにそうですね。いつも頑張ってくれてありがとうって言われたら、相手から認められたようで嬉しいです。けど、いつも我慢してくれてありがとうって言われたら、素直に嬉しいとだけは思えない。しかも、回を重ねられたら――。僕も、気をつけなきゃ〟

そうして自分の口からも、受け止めたことを言ってみた。

確かに、たとえ話一つでも、だいぶ印象が違う。

これまで頑張るを我慢に置き換えて考えたことはなかったが、自分に向けて言う「頑張ろう」を「我慢しよう」に変えてみるだけで、心身の限界がどこにあるのかが、いち早く気がつけそうだ。

自分が心からやる気を出して頑張りたいと思っているのか、仕方のない状況を乗り切るために、今は我慢だ——としているのかを、確認する意味でも。

〝これから頑張ってる人を見たら、同じぐらい我慢をしてるのかなって想像したら、もっと労りのある言葉や行動を選べるだろうし。でも、そうか。そういうこともあるんですね。なんか、人に対しても、自分に対してもですが、もう少し言葉の持つイメージだけに流されないようにします〟

〝まあ、身体は正直だからな〟

大和が零した愚痴に関しては、この程度のやりとりで終わった。

また、その流れから、明日も未来たちは早いだろうし——となって、狼との差し呑みは終わった。

＊　＊　＊

休日明け、大和はいつもどおりに出勤した。

今日は早番だ。

記憶にあるシフトに間違いがなければ、海堂や各部長は全員揃っている。

しかし、店長の白兼は公休だ。

そう、こんな日に限って、公休なのだ。

(気が重くないと言ったら嘘になるよな。公休合わせとはいえ、三日も休んだあとの出勤なんて初めてだ。自分の知らないうちに、いろんなことが変わっていたらどうしよう。というか、欠席裁判じみたことになっていたら、どうしよう)

大和は、なんだか小学生のときに友達と喧嘩をし、翌日とても登校しづらかったときの感覚を思い起こしていた。

(こういうところが、成長できていないんだろうな——)

自身の小心ぶりに肩を落としつつ、

「おはようございます」

まずはロッカールームへ入っていった。

「あら、大和くん。もう大丈夫なの?」

「ごめんなさいね。私たち、てっきり大和くんがお助け社員なのかと思って、急用のときはお願いしますなんて、気軽に言っちゃってたけど。本当は、違ったのね」

「本当、ごめんんね。いろいろ無理させて」

「——え?」

するると大和は、丁度白衣を着ていた鮮魚と精肉のパートたちから謝罪をされた。

おそらく、先日大和に愚痴を聞かれて黙ったうちの二人だろう。

「お休みした日に、海堂さんから朝礼で言われたのよ。大和くん一人に無理をさせすぎたんだと思うって」

「そうそう。自分のシフトの組み方も悪かったんだろうし、これからはもっと小まめに調整していくので、みんなも協力よろしく——ってね」

「はあ、そうなんですか。かえって、すみません。僕もできる限りのことはしますので。ただ今回、張り切りすぎても体力は無限じゃないってことはわかったので、そこはコントロールするようにしますね」

大和は、まさかいきなり謝罪を受けるとは思っていなかったので、いささか拍子抜けをした。

だが、そういう流れと話で収まっているなら、これはこれでありがたいと思っておくほうがよいのだろう。とは思ったので、ここは話を合わせて終わらせた。

一足先にロッカールームを出ていく二人を見送り、自分も制服であるエプロンを身に着ける。

しかし、そこへ深森が現れた。

「やっぱり甘いわね。丸ごと鵜呑《うの》みにしちゃって」

「え？　何が」

「今の二人の話、八割方合ってるわよ。けど、肝心なことが抜けてるわ」

「肝心なこと？」

どうやら先日の大和ではないが、ロッカールームの外で聞いていたのだろう。

深森は部屋へ入ってくると、自身のロッカーを開けながら説明してきた。

それもだいぶ声を落としてだ。

「これからはもっと小まめに調整するので――で終わりじゃなくて。それでも、今と状況が変わらないなら、人を増やしますって言ったのよ」

「人を増やす？」

「そう。だって、いずれ店長は退《しりぞ》くのよ。そうしたら、その分を今のパート・バイトに頑張ってもらわないといけないでしょう。そもそも海堂さんも、そういう前提で人を集めているし。逆に言えば、融通が利くのは今だけだからって気持ちもあって、けっこう甘く対応してたっぽいけどね。結果としては、裏目に出た感じ？」

しかし、こうしてかいつまんで説明しながらも、深森の手が止まることはない。

エプロンを身に着けたあとには、腰まで長くまっすぐに伸びた黒髪を一つに結ぶ。

「だから、今の状況でこれじゃあ、シフトが回らないのは目に見えてる。急用そのものはあっても仕方のないことだから、これまでどおりに受け入れる。けど、できればパートやバイト同士でも声をかけ合って、穴を埋める協力は心がけてほしいが、それができないなら——ってね」

「海堂さんが……」

大和は、あの日欠勤の電話を白兼にしたことで、海堂が更に何か言われたのだろうか？　とも考えた。

しかし、自分が知る限り、白兼は同じことを何度も注意するタイプではない。

むしろ二度目がないと思ったほうがいいくらい、ある程度好きにさせてから気になることには「それは違うよ」と言ってくるので、ここは海堂自身の判断だろう——とは感じた。

「——で、あと一つ。こういう話が出たもんだから、やっぱり原因は大和？　っていう立ち話が、彼女たちの間で出たわけよ。穴埋め専用の社員のはずが、これじゃあ入れ替えられちゃうんじゃない？　ぷー、クスクス——みたいな」

とはいえ、深森の話の本題は、ここからだった。

支度を整え、ロッカーの扉をパタンと閉じると、

「けど、それをたまたま青果の部長が聞いちゃって、ぶっちギレ。そもそも大和は店内商品陳列棚の担当であって、フォローしろと言われているのは、レジまでだ。それをこっちが無理言って助けてもらってるのに、どういう言い草だ——って」

そう言って、フッと鼻で笑った。

「え⁉」

大和には深森の笑いの意味がわからず、思わず聞き返す。

部長の中でも青果部長は一番年上で、白兼以上に温厚な人物だ。

それこそいつも笑顔で、穏やかで、彼が怒る姿は大和自身も見たことがない。

聞いたところで、想像もできない展開で、どう考えたって最悪な状況だ。

「ただ、さすがは年季の入ったおばさんたちは違うわよ。掌《てのひら》返したみたいに、それならどうして先に言ってくれないのよって逆ギレ。最初に説明されなきゃわからないわ、そうよそうよって。このあたりは、ドタキャン上等の白鳥も真っ青よね。挙げ句、今日の〝大丈夫？　ごめんなさいね～〟よ。あれはすごいわ。私でも呆れる前に笑っちゃう」

しかし、理由は明確だった。

大和は、ああ――なるほどねと、すぐさま納得がいった。

「――そうか。でも、まあ。そうしたら、一応僕の仕事は理解されたのかな？」

理由や経緯はどうあれ、大和は周囲に認知されたのなら――で、よしとした。

これまでの「まあいいか」とは違う。

少なくとも、海堂や青果部長のおかげもあり、なあなあではないはずだ――と。

「そんなの、最初から知ってるに決まってるでしょう。私もだけど、自己紹介をしたときに、きちんと担当業務のことは言ってるじゃない。勝手に都合よく、途中から脳内変換しただけよ。本当、調子がいいんだから」

もっとも、これでも深森に言わせれば、「大和は甘い」のだろう。

しかし、そう言われればそうだった。

「……あ、だね」

それでも支度が整うと、二人は揃ってロッカールームをあとにした。

すると、先にタイムカードを押していた藤ヶ崎と事務所の前ではち合わせをする。

「あーっ！　大和さん。体調は大丈夫っすか⁉　心配してたんですよ、もう」

「藤ヶ崎くん？」

先日の合コンドタキャン以来、大和が彼と会うのは初めてだ。

ノリや調子のよさは、まったく以前と変わっていないどころか、むしろ上がった気がして身構える。

「この前はすみませんでした！　聞いてください。俺、心を入れ替えたんです。いや～っ。合コンで一目惚れした彼女が、日を変えて会ったら、丸きり深森さんと同じこと言うタイプで～。大学受験を諦めるなら、もっと真剣に就職先を探さないと駄目でしょうって。バイトもきちんとできない子が、就職できないよって。あ、そこは深森さんと違って、めっちゃ優しいんですけど～っ」

「……そう。それはよかったね」

「ってことで、俺。これからガンガンにシフトを入れてもらって働きますから！　店長に、ここって頑張ったら、社員への道はありますかねって聞いたら、あるよって言ってくれたし。こっちだって、仕事を覚えて入社してくれたら、助かるんだから――って、にっこり笑ってくれたので。じゃあ、そういうことで！」

それにしても、この豹変ぶりには困惑さえ覚える。

これが恋のなせる業《わざ》なのかはさておき、大和はビックリするようなことを耳にし、

「え⁉」と深森のほうを振り返る。

「あれって、場合によっては、藤ヶ崎くんが僕らの後輩になるってこと？」

「どうだろうね」

深森は深い溜息を漏らしながら、先に事務所へ入ってタイムカードを押している。

大和も彼女に続くが、部屋にはたまたまなのか、誰もいない。

「でも、これで真面目に仕事を覚えて、シフトをきちんとこなしてくれたら、助かるは、助かるよね」

「――そうなればいいけど、いつまで持つことか。ってか、店長のにっこりには、そもそも何種類も意味があるって、藤ヶ崎はわかってないしね」

（それは言ったら、駄目なやつ）

そうしてタイムカードを押し終えると、大和は深森とともに店内へ移動した。

会う人ごとに「おはよう」や「体調はどうなの？」といった声かけはあっても、当たり前のようにドタキャンの穴埋め要請はなかった。

深森は「三日坊主じゃないといいね」とは、言っていたが――。

＊　＊　＊

数日後――。

そうは言っても、あまりに遠慮されすぎて、仕事が滞っては意味がない。

どんなに部内で声をかけ合ったところで、都合がつかないときはあるだろう。

ましてや、それが理由で揉めたり、人間関係が悪くなるのでは、本末転倒だ。

なので大和は、

「そういうときには、以前のように声をかけてください。できないときもありますが、極力動けるように努力はしますので――」

とは、海堂や各部長に話していた。

ようは、自分の仕事が手につかない、公休や代休が成立しないほど仕事が集中してしまうのは困るが、そうでなければこれまでどおりの対応はできる。

少なくとも、理解と気遣いがあるとわかった上で頼まれる分には、そうストレスは溜まらない。

　加えて、週に一度か二度〝飯の友〟に行ってゆっくりできれば、頑張りが我慢になることもないからだ。

（今日は何もなさそうだし、〝飯の友〟へ行けるかな？　あの栗は、いつ頃落ちるんだろう？　一足早い夏の栗ご飯――楽しみだな）

　とはいえ、できれば二度行けるのが理想だとは思っていた。

　一度は夕飯のみでも、一度は食前酒つきで。または、公休にのんびりまったりと――だ。

（あとは、あれだ。自家製の燻製が、また食べたい。狼さんって、本当にいろいろ作ってすごいよな、それなのに、企業努力の結晶が大好きで。今度、まだお店にない調味料を聞いて、それをお土産にしようかな……）

　そんなことを考えながら、バックヤードを移動しているときだった。

　事務所から聞き覚えのある声がした。

「――無理よ。この前も言ったでしょう。簡単に言わないで。もう、前みたいにはいかないのよ。とにかく、無理！　たまにはあなた一人で、どうにかしてよ！　じゃあね」

　そう言って少し乱暴に受話器を置いたのは、長谷川だった。

　これには海堂が少し驚いていたが、とうの本人は「すみませんでした」と頭を下げ、部屋を出てくる。

「——どうかしたんですか？」

「っ、なんでもない……です」

目が合ったので声をかけたが、長谷川のほうは気まずそうだった。

さすがに大和を名指しで扱き下ろした自覚があるのか、三連休明けに会ってもつくり笑いと挨拶のみで、以前のようには話しかけてこない。

だが、そんな相手から面と向かって声をかけられ、焦ったのだろう。彼女はそのまま通り過ぎようとして、足を滑らせた。

「あっ！」

咄嗟に大和が手を差し出すも、間に合わない。長谷川はその場で前のめりになって、両手両膝をつく。

「大丈夫ですか、長谷川さん」

派手に転んだわけではないが、大和は彼女に怪我がないか、様子を窺う。

しかし、長谷川は自力で立ちながらも、「すみません」「ありがとう」を繰り返すばかりだ。

「家で何かあったんですか？　もしかして、お子さんの学校からですか？」

大和は一応のつもりで確認してみた。

これまでにも幾度かあったことだが、長谷川への電話は小学校からが多い。

以前、子供が体調を崩しやすく、よく保健室に行くのだという話も聞いていた。

するとと、長谷川は少し驚いたように双眸を開いてから、微苦笑を浮かべた。

「――そう。また子供が調子悪くなっちゃって。もともと丈夫じゃないの――。それで今も、家に電話が来たらしいんだけど……」

伏し目がちにボソボソとだが、聞かれたからか大和に答えた。

「でも、今日は主人が家にいるから、大丈夫。そもそも父親なんだから、どうにかしてもらわないと――。保険証の場所がわからないとか、もう……。子供じゃないんだからって感じでしょう。それに、先のことを考えたら、人を増やされて、大幅にシフトを削られたら困るし。かといって、今から代わってもらえるパートやバイトのアテもないから」

これでもだいぶ省略しているのだろうが、長谷川が伴侶に対して不満があることは、大和にも伝わってきた。

他家のことなのでよくはわからないが、長谷川的には家に対処すべき大人がいるにもかかわらず、自分を頼って職場へ電話してきたことに苛立ちが隠せないのだろう。

しかも、ここへ来て海堂の宣言が効いていることがわかる。

これは長谷川に限ったことではないが、最近はドタキャンで印象が悪くなるリスクをかなり意識して、みんなシフトを守るようになっていた。

また、何かのときには、事前に気の合うパートやバイト仲間に相談し、自主的に穴埋めもするようになった。

だが、呼び出し早退となると話は別だ。

これに関しては、そのときに対応できる者がするしかない。

「――あの、長谷川さん。前に僕、言いましたよね？　できるときなら穴埋めは引き受けます。今日が無理なだけですからって」

大和は長谷川の様子を窺いながら、話を切り出した。

「え？」

「いつも必ずできるとは言えませんよ。僕にも個人的な都合はあるし、三回に三回、すべての穴を僕が埋められると思い込まれても困ります。全員がそういう感じで僕を当てにしても、物理的に一人では負いきれないですから。断るときがあっても、そこは快く納得してくださいって。ようは、そういう意味だったんですけど」

「大和くん？」

変に誤解されたままなのも嫌なので、大和は以前断った理由をまずは明確にした。

しかし、長谷川は首を傾げている。

「――で、今日これからなら、僕が残業でカバーできます。もちろん、これはご夫婦のことなので――っていうのでしたら、そのまま続けてください。でも、お子さんが気になるなら、無理しないで行ってあげてください。子供の立場からしたら、両方いてくれることほど、心強いことはないと思いますし」

大和は話の流れから、この場でのカバーを申し出る。

早番の長谷川の代わりをするなら、その分自身の仕事は、どうしても後回しになる。

この時点で残業確定だ。〝飯の友〟はまた次の機会になりそうだが、この場合は仕方がないというのが、大和の判断だ。

するといきなり長谷川が頭を下げてきた。

「――ごめんなさい。あのときのロッカーでの話、聞こえてたわよね。タイミング的にも、私だってわかっていただろうし……。面と向かって怒れないくらい、本当は怒ってたんでしょう。ううん、大和くんなら、ショックのほうが強いか――。翌日、体調崩しちゃうし。私、何度も謝らなきゃと、ずっと思ってて。なのに、今になってしまって、本当にごめんなさい」

何を言い出すのかと思えば、先日の陰口への謝罪だった。

やはり、大和に聞かれたかもしれないという、自覚はあったようだ。

「あのときは、すごく腹が立っていたの。友達から誘いがあって、どうしても会いたくて。久しぶりだったし、断りたくなかった。けど、大和くんにシフトを代わってもらえなくて。他には頼める人もいなくて――。結局行けなくて。どうしてこんなときに限って、断られるのって。私だって、たまには息抜きしたいのにって。そういう思いが消えなくて」

これまでの話や、この場での話を聞いていても、長谷川が主婦として、母としてのみ、時間を費やしていることはわかる。

子供に手がかかるうちは仕方がないと割り切っていても、それはそれでこれはこれなのだろう。

同じ主婦パートの中には、家事や育児に協力的な夫を持つ者もいる。

――今日はパパが子供を見てくれるから。

そう言って、仕事帰りにママ友と飲みに行くなどという話も、わりとよく耳にする。

比べたところでどうしようもないのはわかっていても、内心長谷川も思ったことだろう。

どうして自分ばかり？　と。

それこそ大和が感じ、そうした考えに至ったように――。

「でも、そんなのたまたまだし、大和くんのせいじゃないし。そもそも、子供に何かあるたびに、普段からシフトを代わってもらっていたのに、感謝もしないで。八つ当たりだけして。本当に、謝っても謝りきれないけど……。ごめんなさい」

それでも長谷川がシフトのドタキャンや早退をするのは、決まって子供の体調不良が理由だった。

ただ、これは本人にとっても致し方のない理由であり、自分自身が原因ではない。

最初のうちはともかく、回が重なることで、仕事を代わってもらうことへの感謝や罪悪感が薄れてしまったのだろう。

と同時に、そうした意識になっていかなければ、罪悪感や思うようにことが進まないストレスから、自分が押し潰されていたかもしれない。

このあたりは個人差もあるだろうが――。

少なくとも長谷川は、本来なら家庭内でもっと話し合い、対応していくべき問題を、大和の好意に甘える形で凌いできた。

また、理由は違えど、これと似たような考えの者が多くなってきたからこそ、結果的に大和が音《ね》を上げる羽目になってしまったのだろう。

そう考えると、頑張る自分と我慢している自分の見極めは、本当に大事なことだと、大和も改めて感じた。

それもあり、思い切って一つの提案をしてみる。

「まあ、こういうことには、タイミングもありますよね。それより次からシフトを決めるときには、自分のための休みも含めてみたらどうですか？　その、ご家族の都合にだけ合わせて決めるんじゃなく」

「自分の？」

「そういう日を作っておけば、気持ちにゆとりができるかなって。仮に、やっぱり出勤できそうってなったら、そのときに〝休みたい人がいたら入れますよ〟って言ってもらったら、僕たちも助かるし」

これればかりは、そのときになってみなければわからない。

時給払いのパートだけに、場合によってはゆとりを取ったがために、入れたはずの日まで入れなかった。一日分稼げなかったという話になるのもありえることだ。

ただ、それでも大和は長谷川にも自身に問いかけてみてほしかった。

これは頑張りなのか、我慢なのか。

仮に我慢だった場合、それをしても得られる何かのほうが大きいのか。

もしくは、そうでもないものなのか、一度自身で見極められたら、それだけでも気持ちが楽になるのではないか？　と思えて。

「僕も、今回自分がちゃんと休んでみて、気がついたんですけど。前より、今のほうが、気持ちよく〝いいですよ。代わりますよ〟って言えているので」

そうして話をするうちに、大和の微苦笑が微笑に変わった。

それを見た長谷川も、どこか安堵したような顔をする。

「――そうか。そうよね。ありがとう。来月からはそうしてみるわ。というか、みんながそういう気持ちでいれば、ギスギスすることもないってことだものね」

「理想としては」

「そしたら、今日の分は、必ず穴埋めするので、早退させてください。このことは、主人にも伝えておくので――。急に、出勤になる日ができても、文句言わないでねって」

「はい。そこは各ご家庭で調整していただけたら」

その後、大和は長谷川と揃って事務所へ行き、海堂に早退とカバーの報告をした。

そうして海堂の許可を得ると、長谷川の代わりにレジへ入った。

(――それにしても、急に予定が変わると、仕事でも旦那さんに文句を言われるのか。もしくは予防線？　なんにしても、家族の平穏を守るのも大変ってことだよな。さすがにここは我慢が頑張りになるところだろうけど)

これればかりは、今現在一人暮らしの大和には、わかりようもない話だった。

とはいえ、職場でも家でも人間は二人以上が集まると、いろいろ大変だな――とは思った。

＊＊＊

大和が異世界旅行から帰宅し、瞬く間に一週間が過ぎていた。

「カァ――」

人間界をひとっ飛びしてきた烏丸が戻ると、狼は仕込み中のカウンター内から身を乗り出して、「どうだった？」と訊ねる。

「単純に仕事が忙しくて、寄れないだけのようです。というか、大和さん。もしかしたら、とても真面目な方なので、こちらの営業時間に合わせて来ることしか考えていないんじゃないでしょうか？　遅番出勤前のランチタイムでいらしても、こちらは大丈夫ですよって伝えたら、もう少し来やすくなるのかもしれません」

どうやら、また姿を見せなくなった大和を気にかけ、烏丸を偵察に飛ばしたようだ。

特に問題なく勤めている姿を見てきた烏丸が、ここへきて気づいたことを報告しながら、洗い終えたおしぼりの準備をし始める。

「ランチタイムか――。それこそ、まかないでいいなら、いつでも平気だぞって言ってみればいいってことか」

「はい。おそらくは」

人間界で化け難《にく》い梅雨時が終わったのだから、大和の様子が気になるなら買い物がてら見に行けばいい。

――はずなのだが、ここ数日の空には、積乱雲が頻繁に発生していた。

化けて出てみても、突然の雨に遭えば、狼や未来では人間の姿を維持できない。

それなら烏丸や孤塚にちょっと見てきてもらうほうがリスクはない。

狼はずっとそう思ってきた。

それだけに、烏丸の気づきには、目から鱗が落ちたようだ。

「なら、次に来たら言ってみよう。未来たちも顔が見たいようだから——と」

言われてみれば、そうに違いないと、狼も同意する。

大和の場合、これまでの様子を見ていても生真面目な性格が自分の首を絞めているところが多々あると思えた。

と同時に、自分のほうから営業時間を融通するという考えがなかったことにも気がついた。

頭の固さは、案外似たり寄ったりなのかもしれない——と、狼がクスリと笑う。

「そうですね。ところで、未来さんは？」

「いつもの散歩に出た。すぐに戻るだろう」

「——わかりました」

そうして狼が仕込みの続きを始め、烏丸がおしぼりをキュッキュッと巻いていく。

「あうあう」

「きゅお～ん」

その様子を座敷のサークルの中からじっと見ている永と劫は、ご機嫌で尻尾を振っていた。

一方、仔犬姿で家を出ていた未来はと言えば、大和にもらったゆるめの首輪が気に入り、それをつけたままの姿で勢いよく走っていた。

「大ちゃん、来ないな〜。お仕事、忙しいのかな〜。前は七つ寝る間には、ご飯食べに来たのにな〜」

未来には大和が帰った翌日から、毎日通っている場所がある。

ピクニックで行った森の中だ。

「——あ。落ちた！　おいしくなった栗！」

そうしてようやく見つけたのは、裂果して落ちた栗の実。昨日はまだ木になっていたものが、今日は二つも落ちている。

未来はさっそく子供の姿に変化すると、喜び勇んで手を伸ばした。

「痛っ！」

気が逸《はや》ったためか、イガが人差し指の腹に刺さり、思わず声を上げる。

「とげとげ、刺さった。痛ーいっ」

大きく何度も手を振り、痛みを紛らわす。

だが、チクッとしたのはほんの一瞬だったこともあり、未来はすぐに小枝を拾って、落ちていたイガの中から栗の実を取り出そうとした。

「えいっえいっ」

幾度も突きながら、ようやく栗の実が外れた。

二つのイガから出てきたのは六つの実。どれも鬼皮に張りがあり、茶色も濃くて美味しそうだ。

「うわ〜。やったね！　そうだ。いいこと思いついた！」

未来は拾った栗の実を上着のポケットに入れると、その足で家には帰らず、旧・新宿門衛所を目指そうとした。

「これ、大ちゃんに届けよう！　はいってあげるだけなら、大丈夫だよね」

思いつきは単純だ。

どんなに仕事が忙しくても、これを渡すだけなら、邪魔にはならない。

それでちょこっと顔が見られれば、未来も嬉しい、大和も喜ぶで、二人揃ってニコニコになれると思ったからだ。

「大ちゃんのく〜り♪　大ちゃんのく〜り♪」

しかし、遠くの空から嫌な音が聞こえたのは、今まさに旧・新宿門衛所を出ようとしたときだった。

「うそ、雷？　雨!?」

今にも降ってくることは、未来にもわかった。

とすると、このままでは駄目だと思い、急いで家へ戻る。

そして、大きめのハンカチを取り出し、六つの栗の実を並べて包むと、未来はそれを首へ巻いた。

その状態で、あえて仔犬の姿に戻る。

「これでよし！」

今は旧・新宿門衛所の目の前にあるスーパーに勤める大和に、栗の実を届けるだけだ。

この姿であっても、大和ならわかるだろうし、それに以前に未来は深森にも会い、ちょこちょこしてもらった。

自分が行けば、仮にすぐ大和と会えなくても、深森が呼んでくれるだろう。

なかなか賢いことまで考えて、未来はこのお届け大作戦を決行したのだ。

（――痛いっ⁉）

ただ、そうとうあれこれ考えた未来だが、一つだけ忘れていたことがあった。

それは、栗のイガを刺した指の腹は、本体になると前脚の肉球だ。

手である分には、それほど感じなかったが、地面を蹴るのに必要な前脚の肉球となると、気になる程度には痛んだのだ。

棘は刺さっていないが、気にかかる。

そのため、右前脚を庇《かば》いながら進んでいたら、あっという間に通りすがりの女子高生たちの目についた。

「あれ、この子迷子かな？　リードをつけてないよ」

「本当だ。めちゃ可愛いし、絶対に飼い犬だよね？」

「豆柴の子かな。お目々クリクリで、ぬいぐるみみたい！」

せっかく店の前まで来たというのに、いきなり三人の女子高生たちに囲まれた。

これだけでも未来の脳内では、「しまった」「やばい」がグルグルだ。

それなのに、

「ハンカチを首に巻いてるね。これに名前がついてるのかな？」

（これは駄目！　大ちゃんの栗っ！）

女子高生の一人が首輪を確認しようとしたことで、未来は栗を守ろうとして逃げた。

それこそ脚の痛いのを忘れて、唯一囲まれていなかった一方から猛然とダッシュした。

「あ、ちょっと待って！」

「逃げた！」

「待て、柴子！　こら、迷子！」

ただ、これはこれでマズいと思ったのか、女子高生たちも猛然と追いかける。

「そっちから頼む。挟み撃ちにしよう」

「任せて！」

「逃げられると思うなよ、柴子！　今この瞬間も、ご主人様は死にそうなくらい心配してるんだからね！」

それも足に覚えのある体育会系女子たちだったらしく、未来は思わぬところで必死で逃げる羽目となった。

（うわっっ！　なんで人間の女の子なのに、あんなに足が速いの？　しかも、ずっと追いかけてくる！）

これまで通ったことのない民家と民家の間を通り、気がつけばビルとビルの間を走り抜けていた。

すると、女子高生からは逃げ切ることができた。

（あれ？　ここはどこ？　どうしよう。道、わかんなくなっちゃったよ――っ‼）

ただし、完全に迷子になった。

その上、つい先ほどまでは遠くの空で鳴っていた気のする雷の音が近くなり、ぽつりぽつりとだが雨も降ってきた。

かと思えば、いきなりザーだ。

「ひぃぃぃっ！　狼ちゃん、大ちゃん、こんちゃん、からちゃん、助けてぇっっっ！」

思わず叫んでしまい、ハッとして前脚で口を塞ぐ。

しかし、それさえ気づく人間が、周囲にはまったくいなかった。

大都会の新宿で、人が途切れることなど見たことのなかった街で、未来は背の高いビルとビルの間に入り込んでいたがために、たった一人になってしまったのだ。

(え……。本当に、ここどこ?)

「うわぁぁぁんっ!　狼ちゃん、助けて〜っっっ」


その頃、〝飯の友〟では——。

「降ってきたな」

雨音に気づいた狼が、ふと調理していた食材から顔を上げた。

「きゅおん!」

「あん⁉」

「劫さん?」

同時に突然劫が声を上げ、それに永と烏丸が反応する。

「どうした、劫」

「おんおん!　おんっ」

嫌な予感に駆られた狼が声をかけると、劫が懸命に何かを訴えた。

「——なんだと?　未来が人間界で迷子になってる⁉　この雨の中を⁉」

どうやら未来の危機を、悲鳴をキャッチしたようだ。

普段は控えめで大人しい、姉の永に押され気味な劫だが、彼には生まれながらにこうした不思議な力が備わっている。

「未来！」

狼は未来の危機を知ると同時に、すぐさま〝飯の友〟を飛び出した。

しかし、外は大雨だ。厚い雲に覆われ、太陽光を遮られた状態では、人間界で人の姿が維持できない。

それこそ狼は一瞬でオオカミに、それも大型の成獣オオカミに戻ってしまう。

「待ってください、店主！　外は雨です。あなたが元の姿で表へ出たら、保護どころか捕獲されてしまいます！」

それを誰よりわかっているため、烏丸は狼が旧・新宿門衛所を潜る前に引き止めた。

「そんなことを言っている場合か」

「何のために私がいるんです！」

「烏丸っ！」

感情的になったためか、狼はこの場にいてさえ変化が解けてオオカミの姿に戻ってしまう。

それが余計に、苛立ちとなって声を荒らげさせる。

「私だけではありません。あなたや未来さんたちには、孤塚さんもいるし街に生きる仲間や他の動物たちもいます。何より、目と鼻の先には、大和さんだっているじゃないですか！」

いつしか烏丸も、その姿を鴉に戻していた。

しかし、それは普段の大きさでもなければ、大和を乗せて飛んだ巨大な姿でもない。

通常の鴉よりも二回り程度大きい、この新宿の空を支配し君臨する大鴉だ。

「……っ。俺は、こんな雨一つで、何もできないのか」

「あなたは普段から、できることを充分なさってます。とにかく、地上と空から探しますので、今だけは私に託してください」

「烏丸」

これも一つの定めであり運命とはいえ、苦汁を呑む狼に烏丸は翼を広げて舞い上がってみせる。

そして、大空へ向かって大声で鳴くと、

〝集《つど》え。人の世界に生きる我らが仲間たち！〟

四方から鴉の大群をはじめとする野鳥の群れを呼び寄せた。

そうでなくとも、雨雲で薄暗くなった空が、いっそう暗くなる。

「主よ。さあ、我らがしもべに、ご命令ください」

そうして仲間を呼び寄せた烏丸が、地上に立つ狼に向かって叫ぶ。

狼は、もどかしい思いを封じて、今だけは命じる者として雄叫びを上げた。

「――ならば、行け！　我らが一族、古の王の血を引く金の王子・未来を、必ず探して無事な姿で連れ戻せ！」

「御意に！」

狭間世界に狼の声が響く。

烏丸はそれを受けて、仲間たちを新宿の空へ放った。

そして、自分は真っ先に大和の元へ向かう。

「あ～ん」

「くぉ～んっ」

狼が店の中へ戻ると、一番もどかしい思いをしているだろう、永と劫が鳴いていた。

「……永。劫。大丈夫だ。未来は必ず見つかる」

狼は二匹を抱き上げると、優しく諭した。

まるで自身を落ち着かせるかのように、幾度となく「大丈夫だ」と繰り返して――。

その頃、大和は年に三回ほどある棚卸し作業に追われていた。

「大和！　張り切っていこうぜ。今夜は店長が奢ってくれるって」

「閉店時間も早めて、行ける者は全員で飲みに行くそうです～。一分でも早く終わらせましょうね～」

バックヤードでは、海堂と藤ヶ崎が一緒に盛り上がっていた。

最近ではよく見る光景だが、藤ヶ崎が張り切りだしたことで、海堂の負担が幾分でも減ったようだ。

そこへ大和が「できる限りは、これまでどおり頑張りますから」と言ったことで、安堵もしたのだろう。実際大和は、有言実行だった。

こうしたことからピリピリしていた海堂が落ち着いたことで、自然と各部長も落ち着いてきた。

パートやバイトたちのドタキャンも、余程の理由でない限り起きなくなってきたので、この状況には白兼も満足そうだ。

「え？　本当ですか。わかりました。急ぎます！」

なので、大和も機嫌よく返事をした。

本当ならば、「やったー。閉店時間が早いなら〝飯の友〟へ滑り込める」と言いたいところだったが、この関係と状況は維持したい。

何より明日は早番だ。明後日は公休だ。

今夜、店での飲み会に参加したところで、明後日までには確実に〝飯の友〟へ行ける。

それがわかっていたので、まずは目の前のことから頑張ろうと思えた。

（うん。僕は我慢していない！）

――と。

「カァ――カァ――」

だが、妙に響く鴉の声を聞いたのは、このときだ。

（あれ？　まさか烏丸さん？）

御苑が目の前ということもあり、鴉や野鳥の鳴き声は、よく聞いた。

しかし、どうも普段とは鳴き方が違った。

大和は、それが気になり、いったんバックヤードから裏口を通って、店を出た。

すると、それを待っていたかのように、普段より大きな姿をした烏丸が舞い降りてくる。

「え⁉　未来くんが人間界で迷子？　この雨の中で⁉」

想像もしていなかった知らせに、大和は一瞬息が止まるかと思った。

――よりにもよって、どうしてこんな雨の中を？

――まさか、前にお散歩したのが楽しかったから？

などと、考えたところで、理由は未来にしかわからない。

大和も、よもや目と鼻の先にいる自分を訪ねようとして迷子になるとは、思いもしなかったからだ。

「はい。お仕事中なのは承知しておりますが、我々だけでは心許ないので――」

「もちろん、探すのを手伝います。教えてくれてありがとうございます。ちょっと待っててください！」

大和は裏口に烏丸を待機させて、いったん店の中へ戻った。

とはいえ、今日は一年を通しても、五指に入る繁忙日だ。

つい先ほどまで「一分でも早く仕事を終わらせて」と言っていたような状況で、いきなり「抜けさせてください」が通るのかどうかは、正直わからなかった。

しかも、孤塚のときでさえ、あの言われようだ。

大和は、これまでにないほど腹を据えて、海堂のいる事務所へ向かった。

そして、

「すみません！　海堂さん。ごめんなさい！　知り合いの仔犬が、この近くで迷子になったと連絡が来ました。今すぐ、探しに行かせてください！」

大和はこれ以上は曲がらないところまで身体を折って、頭を下げた。

「え⁉　犬？」

だが、さすがにこの頼み事には、どんな感情よりも、驚きが先にきたようだ。

それも海堂より先に、一緒にいた白兼が声を上げるほどだ。

大和はこの時点で、これを強行したらクビになる？　いくらなんでも、無理か⁉　と、いっそう覚悟を決めた。

「その仔犬って、前に散歩させていた豆柴の子のことか？」

すると、一拍遅れて海堂が聞いてきた。

そう言われれば、海堂には未来たちを散歩させていたところを見られている。

あの時点で、「俺からの出勤願いを断った理由が犬の散歩かよ⁉」と迫られてもおかしくはない状況だった。

それを思い起こすと、これ以上はもう無理だろうと、絶望に近い諦めが胸中に広がる。

「はいっ。本当に、すみません。友人どころか今度は犬かって思いますよね。なので、僕のことはもう――」

「馬鹿言えよ。人間なんて自分でどうにでもできるだろうが、犬には無理だろう。すぐに探しに行ってこい！」

「え？」

ただ、ここでも大和は、想像もしていなかったことを言われて逆に驚いた。

（人間にはどうにかできても、犬には無理……）

確かにそうだが、まさかこんな言葉を海堂の口から聞くとは思っていなかった。

それも失礼な話だとは思うが、それほど大和は海堂がこうした価値観の持ち主だということを今の今まで知らなかった。

しかし、お互い毎日顔を合わせるようになってから、まだ四ヶ月目だ。

それまでは店も別で、ほとんど話もしたことがなかったのだから、知らなくて当然な部分があるのが普通だ。

それは海堂から見ても同じことだろう。

海堂にとって大和がノーストレスなイエスマンに見えたのも、自身の都合だけでそう見えたわけでなく、そうした側面しかまだ見ていなかったから、ありのままを受け止めたに過ぎないのかもしれない。

そして、そのことに気がついたからこそ、「違った。こいつはそうじゃなかった」とわかった大和に対し、今もこうした返事をくれているのだろう。

その上、海堂は席を立つと、

「ってか――、誰か！　今から大和を手伝ってやってくれ！　大事な仔犬がこの辺で迷子になったらしい。一緒に探してやってくれ」

バックヤードで在庫確認をしていた者たちに声をかけた。

それを聞いた藤ヶ崎が、即座に「はい？」と反応をする。

「ちょっ、海堂さん⁉」

「大丈夫だって。生鮮以外の棚卸しなら、あとからだって、どうにでもできる。それこそ、徹夜でもできるんだから、今は遠慮しないで行ってこい。何かあってから後悔したくないだろう」

「はい――!!」

これはこれで一貫している海堂の言い分だった。

その背後では、白兼も「確かにそうだね。何なら俺も手伝うよ」と頷いている。

「大和さん。その仔犬の写真ってありますか？　あったら転送してください。ぶっちゃけ、ここから歌舞伎町方面なら、俺のが詳しいでしょう。あと、駄目もとで地元のダチにも声かけてみるので――」

そうしている間にも、藤ヶ崎がロッカールームに行って、スマートフォンを持ってきた。

「本当、ありがとう。そしたら、僕もスマートフォンを持ってきて、転送するよ」

「――え？　大和。その迷子の話って、あのときの柴ちゃん？　それってお兄ちゃんのほう？　それとも下の子たち？　私にも写真転送して。一緒に探すから」

すると、つい数分前に「コンサート早退ゴメン」でタイムカードを押した深森が、着替え終えた姿で声をかけてくる。

「いや、深森。夕方からコンサートだろう。今日は横浜《よこはま》、そのまま夜行バスで明日は名古屋だっけ？　それでこの前、僕と公休を交換したじゃないか」

「何言ってるの。仲間の大事を放って、自分だけ楽しめるわけないでしょう。そこまで薄情じゃないから、私。それに、そう思うなら、早く探して、私をコンサート会場へ送り出してよ。夜行バスに間に合えば、ラッキーだし」

さらっと言ってくれたが、これまでの深森の言動からすれば、考えられない状況だった。なにせ、入社一年目にして、正々堂々とお盆と年末年始の二大繁忙期に「それではツアーへ行ってきまーす」をかまして、〝何があっても譲らない女〟の称号を手にした彼女だ。

「ほら、海堂さんだって言ってたでしょう。何かあってからじゃ遅いし、相手は犬なんだよ。それも攫われたら、そのまま飼われちゃう確率の超高い子なんだから！」

だが、これに関しては、優先順位がはっきりした深森だからこその選択のようだ。

烏丸にしても、ここは同様だ。大和が仕事中だと知りながら応援を求めてきたのは、未来が仔犬だからだ。

「話聞こえたよ。私も探すから写真を送って」

「私も。今、アップしたところだから、仕事に差し支えないし」

そうこうしている間にも、大和の周りには話を聞きつけ、手伝いを買って出てくれたパートやバイトが集まってきた。

棚卸しで人も多く、しかも丁度早番と遅番が被る時間帯だったこともあり、アップした者や、棚卸しを後回しにできる者が協力してくれることになった。

9

（狼さんや永ちゃん、劫くんもさぞ心配だろうな――）

大和たちは降りしきる雨の中、まずは新宿御苑周辺と歌舞伎町方面に分かれて未来を探すことになった。

「未来くーん」

この雨だけに、犬でもどこかで雨宿りをするのではないか？　という意見が出た。

確かに未来なら、そうした知恵もあると大和は思った。

「未来くーん」

かといって、知恵があるからこそ、歩き回るうちに見知った道に出られれば帰れるという可能性にも気がつける。

そうなると、この雨の中でもウロウロしていそうな気もして、大和はうっかり入り込みそうな路地裏などを重点的に見て回った。

「未来くーん」

迷子という限り、車か何かで連れ去られたわけではない。

未来が自主的に人間界へ出てきて、なんらかの理由で、帰れなくなった。

野良犬に追いかけられたのかもしれないし、はしゃいで走るうちに道を間違えたのかもしれないし、これればかりは本当に未来にしかわからない事情だ。

「未来くーん」

ただ、迷子になってから、そう時間が経っていないこと。

手分けをして探してくれている者が、思いのほか多いこと。

未来が首輪と迷子札をずっとつけたままでいてくれること。

何より、未来には人間の言葉も呼びかけもわかること。

空から烏丸が仲間とともに、数百から千近いバードアイで捜索に当たっていることは、大和には心強く、早期発見の希望に繋がっていた。

「未来くーん」

それでも気がかりは、怪我や事故、誘拐なのだが――。

烏丸曰く、「そういう気配は劫さんが察知していないので、まだ迷子の域」とのことだった。

なので、ここは教えられたままを信じることにした。

「未来くーん」

とにかく今は、未来の名前を呼んで、歩けるだけ歩くことに徹する。

（あ、深森や藤ヶ崎からメールだ）

時折、他の場所を探す者たちから、「こちらにはいない」「それらしい犬を見た人もいない」などと連絡が入り、その上自主的に「次はあっちも行ってみるんで」と捜索範囲を拡大してくれていることが、ありがたかった。

本当に感謝しきれない。

捜査の手があると同時に、こうして時折誰かとやりとりができることが、不安な大和を支えてくれる。

「未来くーん」

「その声は、大和か！」

「孤塚さん――――っ⁉」

そうして探し始めて、二時間近く歩き回った頃だろうか？

大和は歌舞伎町方面を探索していたこともあり、孤塚とはち合わせをした。

しかし、その背後には派手なスーツを着込んだ個性豊かなイケメンたちが四人もいた。

意表を突かれたために、大和は一瞬たじろぐ。

「あ、店の仲間だ。事情を説明したら、探すのを手伝ってくれるって言うから。他にも三組に分かれて動いてくれてる」

「そうなんですか。それは、心強いですね」

なるほど――と納得。

大和は背後の彼らに会釈をすると、その場は孤塚とメールアドレス交換だけをして別れた。

今更だが、この瞬間まで連絡先を交換していなかったことに気づいて、少しだけ二人で笑えた。

それを活力にして、今一度雨の中を歩いていく。

「未来くーん」

傘を打つ雨音に、一瞬自分の声が消されそうになる。

それでもゲリラ雨や豪雨じゃないだけ、まだ幸いだ。

音は拾えるし、視界もクリアだ。

(それにしても、いったいどこへ？　どうしてこんな雨の中をわざわ――っ⁉)

すると、大和が傘を窄《すぼ》め、ビルとビルの間の細い道を通っていたときだった。

爪先に何かが当たって蹴ってしまった。

「――栗」

屈んで拾い上げると、それは一粒の栗の実だった。

決して年中売っている甘栗ではない。

「あ、これだ！」

大和はここで、ようやく迷子のきっかけがわかった。

どうして目と鼻の先の距離で迷子？　とは思うが、未来がたった一人で旧・新宿門衛所を越えてきた理由はこの栗に他ならない。

〝そしたらこれ、大きくなったら未来が一番にとって、大ちゃんに食べさせてあげる！〟

〝本当！　それは楽しみ。ありがとう、未来くん〟

〝へへへっ〟

そう。これを持って、大和に会いに来たのだ。

「未来くん！」

大和は胸が熱くなるのを抑えきれないまま、そこから更に歩き続けた。

すると、数メートル先で二個目の栗の実を、更にその先で三個目を見つけた。

（近い⁉）

栗の実を辿りながら、足早にビルとビルの間をすり抜ける。

すると、花道通《はなみちどお》りに出たところで、三つの栗がハンカチとともに落ちていた。

大和はすべてを拾い上げて、上着のポケットへ入れていく。

「未来くん！」

一際大きな声を上げると、近距離から「くぉ～んっ」と鳴く声がした。

「いた⁉」

思わず叫ぶと同時に、鳴き声のしたほうへ振り返る。

「うわっ！　きたねぇ。こいつビビったのか、しっこしやがった！」

「馬鹿野郎！　テメェが脅かすからだろう！」

「――え⁉　俺っすか」

すると、大和の視界には、間違いなくヤバそうだとわかる二十代から四十代に見える男たちが三人立っていた。

四十代の男は恰幅がよく、見るからに高そうなダークスーツに身を包んでいる。

彼に傘を差しかける若い二人は普段着だが、側には黒塗りのベンツが置かれており、どう見てもこのあたりに組を構えていそうな御仁たちだ。

とはいえ、大和自身は未だに本物の極道を見たことがない。

テレビか何かで、それらしい感じの映像を目にしたことがあるだけで、このあたりはホストを見たのが孤塚が初めてというのに、通じるものがある。

（嘘っ）

未来は厳つい男たちに囲まれ、抱き上げられて、緊張のあまりかお漏らしをして怒られていた。

会話を整理するなら、未来を抱く一番怖そうな男に怒られていたのは若い男だと思うが、未来にはそれさえわからないようだ。

〝大ちゃんっ！　怖いよぉ〜っ〟

それで側に大和がいるのを見つけると、未来は微かに尻尾をプルプルさせた。

つぶらな瞳に涙を浮かべて、その姿がいっそう大和を奮い立たせる。

（未来くん！）

大和は意を決して傘を手放し、男たちに向かっていった。

間違ってでも、彼らに傘の露先がぶつかりでもしたら、とんでもないことになる。

かといって、折りたたんで持っていけるような心境にはなく、気がついたら雨に打たれることを選択していたのだ。

「すっ、すみませんっ！」

「あんっ」

今にも「大ちゃん！」と叫び出しそうな未来だが、ここは必死で吠える、鳴くに徹している。

これだけでも大和は、偉いねすごいねと褒めちぎりたくなる。

「ん？　なんだ、兄ちゃん」

大和が声をかけると、一番若い男が顎を突き出して、聞いてきた。

「そ、そ……その仔犬、迷子になっていた僕の子なんです。探していたんです。見つけてくださって、ありがとうございます。どうか……、返していただけませんか？」

大和はあくまでも低姿勢で、伺いを立てるように聞いていく。

「あんだと？　んなこと言って、こいつを攫おうって魂胆じゃねぇのか？」

「そんなことはありません！　ね。未来くん」

「あんあん！　あん」

こればかりはどうしようもないが、まずは飼い主かを疑われた。

だが、頭ごなしに追い払うことはされなかった。

いきなり殴られることもなく、大和はこれだけでもありがたいと思う。

「兄ちゃんの犬って証拠はあんのかよ」

「――証拠？　あ、これ！　最近撮った写真です。あと、その子の首輪は僕が買いました。名前は未来で、一緒に彫ってある電話番号はこのスマートフォンの番号です。あと、レシートも確か、財布の中に……」

大和は降りやむことのない雨の中で、必死に説明を続けた。

迷子札に、自分への連絡先を一緒に彫ってもらっておいてよかったと思う。

大概の人なら、これで大和を飼い主だと思ってくれるはずだ。

大和はスマートフォンを出し、まずは写真を見せる。

そして、そのあとには、財布も出して、入れっぱなしだったレシートも出して見せた。

「あんあん！　あん！」

「え～。信じられねぇ～な～」

「だよな。んなこと言って、こいつを俺らからかっ攫う気だろう」

だが、若いほうの二人はまったく相手にしてくれなかった。

これだけ証拠があれば――と思ったのは大和だけで、そもそも彼らは未来を返す気がなかったのだろう。

むしろ、ここで飼い主である大和に諦めさせようとして、対応したようにも思える。

「カァ――」

（烏丸さん！）

それでも大和が対峙する間に、それを上空から烏丸が見つけてくれた。

大和たちの側には、烏丸だけでなく、仲間の鴉が次々と舞い降り、看板や街灯の上へとまっていく。

男たちが気づかないだけで、徐々に増えてくる鴉の数に、通りすがりの者たちが無言で道を変えるほどだ。

「お願いですから、どうか未来くんを返してください！」

大和は今一度声を張り上げた。

万が一のときには、きっと烏丸たちが未来を取り戻してくれる。

この際、自分はどうでも、未来さえ助かれば――。

その一念だけで、大和は彼らに向かっていったのだ。

「なんだってぇっ」

相手からもドスの利いた声が浴びせられる。

その瞬間、烏丸が翼を広げようとした。

「やめろ、テメェら！　そいつが飼い主なのは、こいつの態度を見りゃわかる。それこそ、名札もレシートもいらねぇくらいだろうが！」

だが、ここで思いがけない事態が起こった。

烏丸がそれ以上翼を広げることもなく、じっと様子を見守る。

「兄貴」

「え、しかし……」

力で大和を追い払う気満々だった二人を、兄貴と呼ばれた男が止めた。

それどころか、大和が飼い主であることを認めてくれたかと思うと、突然未来をぎゅっと抱きしめて――、

「ボクた～んっ。飼い主くんが見ちゅかって、よかったでちゅね～。ちぇっかく、おじちゃんのお家に連れて帰ろうと思いまちたのに、ちょうがないでちゅもんね～っ」

これまで聞いたこともないような幼児語を未来に向けて炸裂させた。

「きゅぉぉぉんっ」

（ひーっ。それはいったい何語⁉︎）

その強烈すぎる愛情表現にビビってか、未来は更にお漏らしをしてしまい、大和は必死で悲鳴を呑み込んだ。

また、烏丸に至っては、とまっていた看板から足を滑らせそうになっていた。

「うわっ！　こいつまた兄貴にお漏らしを」

「テメェらが脅かしたからだよ！　ね～っ。怖いおじちゃんたちでちゅね～っ」

誰が見ても極上だとわかるスーツを汚され続けても、男は未来を抱えて、撫でまくる手を止めることがなかった。

だが、ここまで徹していると、疑う余地もない。

大和は彼が、自分を遥かに凌《しの》ぐ〝可愛い子好き〟だと痛感した。

それも桁違いというよりは、次元違いでだ。

「ってか、兄貴！　そのしゃべりは、やめてくださいっ！　人が見てますっ。人が！」

「るせぇ！　わかってるよ」

それでも彼は、失神寸前の未来を愛おしそうに撫でると、最後は大和へ差し出してくれた。

「ほら、もう目を離すんじゃねぇぞ」

「……あ、ありがとうございます。助かりました。本当にありがとうございます」

ようやく未来を抱くことができて、大和も安堵からか泣きそうになる。

「ところで飼い主」

――と、そんな大和に彼が耳打ちをしてきた。

(あ、御礼？　仔犬を返す代わりに……、臓器寄こせとか言われるの？)

「は、はい」

これですむはずがない――と、大和は思った。

見るからに危ない「兄貴」と呼ばれるような男相手に、借りを作ってしまった。

ただほど怖い物はない。

引き換えるものは必要だ。

「さっきの写真に一緒に写ってた、小っさいほうの二匹なんだけど～。これから里子に出す予定とかなかったら、ぜひ俺に譲渡――」

(ど、どこまでも仔犬っ！)

だが、彼は彼でまったくブレのない男だった。

こうなると、外見や雰囲気だけで犯罪者だと思い込んでしまった自分自身を反省するばかりだ。

それでも、これぱかりは大和も譲れないし、差し出せない。

「あ、ありません。ごめんなさい！　この兄弟はみんなで一緒に暮らします。どこにも、誰にもお譲りできないので――、それだけは本当にごめんなさい！　どうか許してください！」

「きゅおぉぉぉんっ」

大和は必死にお断りをした。

それこそ未来と抱き合いながら、許して、無理です、諦めて！　だ。

「そっか……。三匹一緒に飼うのか。そら、激可愛いもんな～っ。手放せねぇよな～。いや、わかってた。聞いてみただけだ。そしたら一生、大事にしてやってくれ。あ、これでおやつでも買ってやってくれ」

だが、譲渡が無理だとわかると、男はスーツの懐から財布を出して、いきなり札を掴んで渡してきた。

ただほど怖い物はないが、怖い男から押しつけられるお札はもっと怖いというものだ。

「ひっ⁉　ちょっと、受け取れませんよ！　ちょっと、待ってください！」

「それくらいさせねぇと、飼い主ごと拉致《らち》るぞ！」

それでも、ここまできっぱり言われてしまうと、大和は未来を抱えていたこともあり、脅迫に屈することにした。

「ありがとうございました！　一円残らず、この子のご飯やおやつ代にさせていただきます！」

おそらく五万から七万円くらいは受け取ってしまった気がしたが、これ以上はどうしようもない。

あとで狼や烏丸に渡して、未来たちの食費なり、おやつ代にしてもらおうと思う。しばらくバトルカードクッキーもニャンディも買い放題だ。

「おうっ。せいぜい、いい物食わしてやってくれ」

そうして男は、がっしりとした肩をガックリと落として、ベンツの後部座席へ向かった。

いつの間にか雨も上がっている。

大和は未来を抱えて、せめてものお礼にと見送ることにした。

「兄貴！　言ってくだされば、ペットショップでもブリーダーにでも行ってきますから」

「そうです。すぐに買ってきますよ」

こうしてみると、兄貴をいろいろな面で支えているのだろう、若い二人も大変だ。

「うるせぇ！　犬なら何でもいいわけじゃねぇんだよ！　こういうのには、目と目が合ったときにびびっと感じるフィーリングってぇのがあるんだ。恋と一緒なんだよっ。金じゃ買えねぇんだ‼　これだからテメェらは、ものを知らねぇって言われるんだ。ふんっ！」

――本当に大変だ！

「……すっ、すみませんっ」

「兄貴〜っ」

「いいからもう、早く出せ！」

「はいっ」

大和は、この状況でも目眩《めまい》さえ起こさず、車に乗り込む若い二人に対しても、最後は深々と頭を下げ見送った。

「……大ちゃん」

そうして完全に気配が消えると、大和の腕の中で未来がこそっと名前を呼んできた。

見れば、両前脚を胸元に当て、頬を寄せつつ、見上げてくる。

「それにしても……、よかった――っ」

その愛らしさに、いっそうギュウギュウ抱きしめながら、大和は腰が抜けたようにその場にへたり込んだ。

「あんあん！　あ〜んっ‼」

未来もまた本当に怖かったのだろう。

しばらく声を上げて泣いていた。

＊　＊　＊

無事に未来が見つかったことで、思いがけない大捜査は歓喜で幕を閉じた。

「よかった～っ」

「私たちが脅かしたせいで、ごめんね！」

「柴子～っ」

大和が未来と店へ戻ると、そこには偶然深森が事情を聞いたという、女子高生三人がいた。

聞けば陸上部所属で、仔犬の迷子なら充分捕まえられると思い、かえって遠くまで逃がしてしまったと、だいぶ落ち込んでいたらしい。

それだけに、未来が見つかった。これで無事に飼い主の元へ戻れると知ると、心から安心していた。

また、迷子探しに協力してくれた藤ヶ崎や深森、他のパートやバイト、そして白兼も迷子本人を見ることができてか、心から安堵し、また見つかったことを喜んでくれた。

「本当に、ありがとうございました」

「あん」

「可愛い～っ。なんか、ちゃんと〝ありがとう〟って言ってるみたい」

「本当ね」

そして、こうなるべく、大和の背を押してくれた海堂はと言えば、

「よかったよかった！　本当にホッとしたよ。そしたら、とりあえず大和は、その子を飼い主のところへ届けてやれよ。棚卸しは、俺たちでどうにかするし。あ、深森は――」

「これから家へ帰って、準備して、夜行バスへ乗り込みまーす！」

「了解」

大和と深森にまずは「お疲れ」と言って、いったんその場で見送ってくれた。

とはいえ、白兼や藤ヶ崎はそのまま店に残って、海堂たちと棚卸しをする。

当然、この騒ぎでは、早上がりで飲み会など、夢のまた夢だ。

今夜は残業確定だろう。

それがわかっているだけに、大和は未来を〝飯の友〟に送り届けたら、店へ戻って棚卸しをするつもりだった。


ただ、その前に――。

「本当に、すみませんでした。僕が未来くんと約束したのに、来られなかったから。それで未来くんは、最初の栗を僕に食べさせたくて、こんなことに。本当にすみません」

大和は未来を送っていくと、狼や烏丸の前に、六個の栗の実とハンカチ、そして行きがかりで受け取ってしまった七万円を出した。

未来がどうして一人で、また誰のために人間界へ出たか、そこで迷子になってしまったかを説明して、深々と頭を下げて謝罪する。

「心配かけて、ごめんなさい」

未来もそれを見て、一生懸命に謝った。

思いつきそのものはいいことだったが、結果は大騒ぎになってしまった。

自分も怖い思いをしたが、みんなに心配をかけたし、何より大和にも怖い思いをさせてしまった。

大和が男たち相手に対峙していた際、どれほど顔を青くしていたのかは、未来が一番よく知っている。

「――いや。目を離したのは、俺のほうだから。それに大和や烏丸、孤塚に頼りきりで、何もできなかったし」

また、こうして狼を落ち込ませてしまったことにも、大反省中だ。

未来は、雨の日に一人で出歩くのは、絶対に駄目だと思い知った。

何かのときに狼が動けなくなるのは、どこの誰より狼自身が打ちひしがれることになってしまうと知ったからだ。

「――それは、仕方がないですよ。狼さんが本来の姿で街へ出たら大変なことになります。それに、僕は狼さんや烏丸さん、孤塚さんに頼られて、すごく嬉しかったです。未来くんが栗を持ってきてくれたことも、本当に嬉しくて――。だから、どうかこれからも、頼ってほしいです。絶対に遠慮はしてほしくないので」

そんな未来の気持ちもわかるだけに、大和は精一杯笑って、狼に本心を伝えた。

「大和」

「あ、でもその前に。明日の夜には絶対に来ますから、これ、栗ご飯でお願いします」

と同時に、ほんの少しだけ、我が儘も言ってみる。

これでは一合分程度だろうが、未来が拾ってくれた初物だ。

それも一足先に秋の味覚を真夏にだ。

みんなで一口ずつでも食べられたら――と思ったのだ。

「――わかった。なら、明日はこれで作っておくよ」

「ありがとうございます。では、慌ただしいんですけど。僕は店に戻るので」

すると、狼にも気持ちが通じたのだろう。

狼が、そして大和が微笑むと、未来がそれを見てニコリと笑った。

また、それを見た烏丸が微笑むと、彼の両手に抱えられている永と劫も尻尾をフリフリしながら「あんあ～ん」「きゅお～ん」と喜んだ。

「疲れてないか？　大丈夫なのか？」

それでも狼にとって、大和の働きぶりには心配が伴うのだろう。

店の外へ見送りながらも、聞いてきた。

「はい！　僕は無理も我慢もしていないです。今、すごく心の奥から頑張りたい！　と思って、仕事に戻るので」

なので、大和は今感じていることを正直に言葉にした。

「そうか」

「これも狼さんの美味しいご飯と、皆さんの笑顔のおかげです。この狭間世界と〝飯の友〟のおかげです。本当に感謝してます。ありがとうございます！」

これまでで一番の笑顔を浮かべて、〝飯の友〟から店へと戻っていった。

「では、また明日」

そう言って元気に手を振って――。

「ご縁食堂ごはんのお友　仕事帰りは異世界へ」

キャラクターラフ大公開

小説の世界観を更に広げてくれる、
個性豊かなキャラクター達。今回は特別に
キャラクターラフの一部をお見せいたします！

illust
鈴木次郎

大神
なんとなく
オデコを
出したい…
黒い
リボン
毛
下の方はよく
ハネている。
&
ハエギワは
銀色。

孤塚

烏丸
目が隠れ気味
未来
耳っぽくハネてる
変身ブレスレット的な…

本書は書き下ろしです。

SKYHIGH文庫

SH-052
ご縁食堂《えんしょくどう》ごはんのお友《とも》
仕事帰りは異世界へ

2020年6月25日　第一刷発行

著者　日向唯稀《ひゅうがゆき》
発行者　日向晶
編集　株式会社メディアソフト
〒110-0016
東京都台東区台東4-27-5
TEL：03-5688-3510（代表）/ FAX：03-5688-3512
http://www.media-soft.biz/
発行　株式会社三交社
〒110-0016
東京都台東区台東4-20-9　大仙柴田ビル2階
TEL：03-5826-4424 / FAX：03-5826-4425
http://www.sanko-sha.com/

印刷　中央精版印刷株式会社
カバーデザイン　長崎 綾（next door design）
組版　大塚雅章（softmachine）
編集者　長塚宏子（株式会社メディアソフト）
印藤 純、菅 彩菜、川武當志乃（株式会社メディアソフト）

ISBN 978-4-8155-3523-0